全民阅读书架【双色版】

最美的散文·中国卷

胡适 等◎著

冯慧娟◎编

辽宁美术出版社

图书在版编目（CIP）数据

最美的散文 . 中国卷 / 胡适等著 ; 冯慧娟编 . ——
沈阳 : 辽宁美术出版社 , 2017.12（2019.6 重印）

（全民阅读书架）

ISBN 978-7-5314-7865-2

Ⅰ . ①最… Ⅱ . ①胡… ②冯… Ⅲ . ①散文集—中国
Ⅳ . ① I16

中国版本图书馆 CIP 数据核字 (2017) 第 310821 号

出 版 社 : 辽宁美术出版社
地　　址 : 沈阳市和平区民族北街 29 号　邮编 : 110001
发 行 者 : 辽宁美术出版社
印 刷 者 : 北京一鑫印务有限责任公司
开　　本 : 787mm×1092mm　1/32
印　　张 : 5
字　　数 : 100 千字
出版时间 : 2017 年 12 月第 1 版
印刷时间 : 2019 年 6 月第 5 次印刷
责任编辑 : 童迎强
装帧设计 : 新华智品
责任校对 : 郝　刚
ISBN 978-7-5314-7865-2

定　　价 : 29.80 元

邮购部电话 : 024-83833008
E-mail : lnmscbs@163.com
http : //www.lnmscbs.cn
图书如有印装质量问题请与出版部联系调换
出版部电话 : 024-23835227

前言

　　散文是美的，它能给人以美的享受，然而什么样的散文才是最美的散文呢？秦牧曾说："一篇好的散文，应该通过各种各样的内容给人以思想的启发、美的感受、情操的陶冶。"

　　秦牧的话，算是给了我们一个标准，我们可以按图索骥。中国历来多产散文作家，散文作品也是浩如烟海，本书因篇幅所限只能精选其中的几十篇，仅仅是沧海一粟。另外，"最美"的标准难以界定，"仁者见仁，智者见智"，不可能选出人人都满意的。但是，笔者很希望您能以本书为"管"，略窥中国最美散文的"一斑"，得到美的享受；很希望您能读完某篇文章，眼眸一亮，精神上颇受启迪。

目录

目录

CONTENTS

情到深处

我的母亲

胡适

我小时身体弱，不能跟着野蛮的孩子们一块玩。我母亲也不准我和他们乱跑乱跳。小时不曾养成活泼游戏的习惯，无论在什么地方，我总是文绉绉地。所以家乡老辈都说我"像个先生样子"，遂叫我作"穈先生"。这个绰号叫出去之后，人都知道三先生的小儿子叫作穈先生了。既有"先生"之名，我不能不装出点"先生"样子，更不能跟着顽童们"野"了。有一天，我在我家八字门口和一班孩子"掷铜钱"，一位老辈走过，见了我，笑道："穈先生也掷铜钱吗？"我听了羞愧得面红耳热，觉得大失了"先生"的身份！

大人们鼓励我装先生样子，我也没有嬉戏的能力和习惯，又因为我确是喜欢看书，所以我一生可算是不曾享过儿童游戏的生活。每年秋天，我的庶祖母同我到田里去"监割"（顶好的田，水旱无忧，收成最好，佃户每约田主来监割，打下谷子，两家平分），我总是坐在小树下看小说。十一二岁时，我稍活泼一点，居然和一群同学组织了一个戏剧班，做了一些木刀竹枪，借得了几副假胡须，就在村口田里做戏。我做的往往是诸葛亮、刘备一类的文角儿；只有一次我做史文恭，被花荣一箭从椅子上射倒下去，这算是我最活泼的玩意儿了。

我在这九年（1895—1904）之中，只学得了读书、写字两件事。在文字和思想的方面，不能不算是打了一点底子，但别的方面都没有发展的机会。有一次我们村里"当朋"（八都凡五村，称为"五朋"，每年一村轮着做太子会，名为"当朋"）筹备太子会，有人提议要派我加入前村的昆腔队里学习吹笙或吹笛。族里长辈反对，说我年纪太小，不能跟着太子会走遍五朋。于是我失掉了这学习音乐的唯一机会。三十年来，我不曾拿过乐器，也全不懂音乐；究竟我有没有一点学音乐的天资，我至今还不知道。至于学图画，更是不可能的事。我常常用竹纸蒙在小说书的石印绘像上，摹画书上的英雄美人。有一天，被先生看见了，挨了一顿大骂，抽屉里的图画都被搜出撕毁了。于是我又失掉了学做画家的机会。

但这九年的生活，除了读书看书之外，究竟给了我一点做人的训练。在这一点上，我的恩师就是我的慈母。

每天天刚亮时，我母亲便把我喊醒，叫我披衣坐起。我从不知道她醒来坐了多久了。她看我清醒了，便对我说昨天我做错了什么事，说错了什么话，要我认错，要我用功读书。有时候她对我说父亲的种种好处，她说："你总要踏上你老子的脚步。我一生只晓得这一个完全的人，你要学他，不要跌他的股。"（跌股便是丢脸，出丑。）她说到伤心处，往往掉下泪来。到天大明时，她才把我的衣服穿好，催我去上早学。学堂门上的锁匙放在先生家里；

我先到学堂门口一望，便跑到先生家里去敲门。先生家里有人把锁匙从门缝里递出来，我拿了跑回去，开了门，坐下念生书。十天之中，总有八九天我是第一个去开学堂门的。等到先生来了，我背了生书，才回家吃早饭。

我母亲管束我最严，她是慈母兼任严父。但她从来不在别人面前骂我一句，打我一下，我做错了事，她只对我一望，我看见了她的严厉眼光，就吓住了。犯的事小，她等到第二天早晨我睡醒时才教训我。犯的事大，她等到晚上人静时，关了房门，先责备我，然后行罚，或跪罚，或拧我的肉。无论怎样重罚，总不许我哭出声音来。她教训儿子不是借此出气叫别人听的。

有一个初秋的傍晚，我吃了晚饭，在门口玩，身上只穿着一件单背心。这时候我母亲的妹子玉英姨母在我家住，她怕我冷了，拿了一件小衫出来叫我穿上。我不肯穿，她说："穿上吧，凉了。"我随口回答："娘（凉）什么！老子都不老子呀。"我刚说了这句话，一抬头，看见母亲从家里走出，我赶快把小衫穿上，但她已听见这句轻薄的话了。晚上人静后，她罚我跪下，重重地责罚了一顿。她说："你没了老子，是多么得意的事！好用来说嘴！"她气得坐着发抖，也不许我上床去睡。我跪着哭，用手擦眼泪，不知擦进了什么微菌，后来足足害了一年多的眼翳病。医来医去，总医不好。我母亲心里又悔又急，听说眼翳可以用舌头舔去，有一夜她把我叫醒，她真用舌头舔我的病眼。这是我的严师，我的慈母。

我母亲二十三岁做了寡妇，又是当家的后母。这种生活的痛苦，我的笨笔写不出一万分之一二。家中财政本不宽裕，全靠二哥在上海经营调度。大哥从小就是败子，吸鸦片烟，赌博，钱到手就光，光了就回家打主意，见了香炉便拿出去卖，捞着锡茶壶便拿出去押。我母亲几次邀了本家长辈来，给他定下每月用费的数目。但他总不够用，到处都欠下烟债、赌债。每年除夕我家中总有一大群讨债的，每人一盏灯笼，坐在大厅上不肯去。大哥早已避出去了。大厅的两排椅子上满满的都是灯笼和债主。我母亲走进走出，料理年夜饭，谢灶神，压岁钱等事，只当做不曾看见这一群人。到了近半夜，快要"封门"了，我母亲才走后门出去，央一位邻舍本家到我家来，每一家债户开发一点钱。做好做歹的，这一群讨债的才一个一个提着灯笼走出去。一会儿，大哥敲门回来了。我母亲从不骂他一句。并且因为是新年，她脸上从不露出一点怒色。这样的过年，我过了六七次。

大嫂是个最无能而又最不懂事的人，二嫂是个很能干而气量很窄小的人。她们常常闹意见，只因为我母亲的和气榜样，她们还不曾有公然相骂相打的事。她们闹气时，只是不说话，不答话，把脸放下来，叫人难看；二嫂生气时，脸色变青，更是怕人。她们对我母亲闹气时，也是如此。我起初全不懂得这一套，后来也渐渐懂得看人的脸色了。我渐渐明白，世间最可厌恶的事莫如一张生气的脸；世间最下流的事莫如把生气的脸摆给旁人看。这比打骂还难受。

我母亲的气量大，性子好，又因为做了后母后婆，她更事事留心，事事格外容忍。大哥的女儿比我只小一岁，她的饮食衣料总是和我的一样。我和她有小争执，总是我吃亏，母亲总是责备我，要我事事让她。后来大嫂二嫂都生了儿子了，她们生气时便打骂孩子来出气，一面打，一面用尖刻有刺的话骂给别人听。我母亲只装作不听见。有时候，她实在忍不住了，便悄悄走出门去，或到左邻立大嫂家去坐一会，或走后门到后邻度嫂家去闲谈。她从不和两个嫂子吵一句嘴。

每个嫂子一生气，往往十天半个月不歇，天天走进走出，板着脸，咬着嘴，打骂小孩子出气。我母亲只忍耐着，忍到实在不可再忍的一天，她也有她的法子。这一天的天明时，她就不起床，轻轻地哭一场。她不骂一个人，只哭她的丈夫，哭她自己苦命，留不住她丈夫来照管她。她先哭时，声音很低，渐渐哭出声来。我醒了起来劝她，她不肯住。这时候，我总听得见前堂（二嫂住前堂东房）或后堂（大嫂住后堂西房）有一扇房门开了，一个嫂子走出房向厨房走去。不多一会，那位嫂子来敲我们的房门了。我开了房门，她走进来，捧着一碗热茶，送到我母亲床前，劝她止哭，请她喝口热茶。我母亲慢慢停住哭声，伸手接了茶碗。那位嫂子站着劝一会，才退出去。没有一句话提到什么人，也没有一个字提到这十天半个月来的气脸，然而各人心里明白，泡茶进来的嫂子总是那十天半个月来闹气的人。奇怪得很，这一哭之后，至少有一两个月的太平清静日子。

我母亲待人最仁慈，最温和，从来没有一句伤人感情的话。但她有时候也很有刚气，不受一点人格上的侮辱。我家五叔是个无正业的浪人，有一天在烟馆里发牢骚，说我母亲家中有事请某人帮忙，大概总有什么好处给他。这句话传到了我母亲耳朵里，她气得大哭，请了几位本家来，把五叔喊来，她当面质问他，她给了某人什么好处。直到五叔当众认错赔罪，她才罢休。

　　我在我母亲的教训之下住了九年，受了她的极大极深的影响。我十四岁（其实只有十二岁零两三个月）就离开她了，在这广漠的人海里独自混了二十多年，没有一个人管束过我。如果我学得了一丝一毫的好脾气，如果我学得了一点点待人接物的和气，如果我能宽恕人、体谅人，——我都得感谢我的慈母。

（节选自胡适《四十自诉》）

曼青姑娘

缪崇群

曼青姑娘，现在大约已经作了人家的贤妻良母；不然，也许还在那烟花般的世界里度着她的生涯。

在亲爱的丈夫的怀抱里，娇儿女的面前，她不会想到那云烟般的往事了，在迎欢，卖笑，妩媚人的当儿，一定的，她更不会想到这芸芸的众生里，还有我这么一个人存在着，并且，有时还忆起她所不能回忆得到的——那些消灭了的幻景。

现在想起来，在灯下坐着高板凳，一句一句热心地教她读书的是我；在白墙上写黑字，黑墙上写白字骂她的也是我；一度一度地，在激情下切恨她的是我；一度一度地，当着冷静，理智罩在心底的时刻，怜悯她、同情她的又是我……

她是我们早年的一个邻居，她们的家，简单极了，两间屋子，便装满了她们所有的一切。同她住在一起的是她的母亲；听说丈夫是有的，他在很远很远的地方做着官吏。

每天，她不做衣，她也不缝衣。她的眉毛好像生着为发愁来的，终日地总是蹙在一起。旁人看见她这种样子，都暗暗地说曼青姑娘太寂寥了。

作邻居不久，我们便很熟悉了。不知是怎么一种念头，她想认字读书了，于是就请我当作她的先生。我那时一点也没有推辞，而且很勇敢地应允了；虽然那时我还是一个高小没有毕业的学生。

"人，手，足，刀，尺。"我用食指一个一个地指。

"人，手，足，刀，尺。"她小心翼翼地点着头儿读。

我们没有假期，每天我这位热心的先生，总是高高地坐在凳上，舌敝唇焦地教她。不到一个月的功夫，差不多就教完"初等国文教科书"第一册了。

换到第二册，我又给她添了讲解，她似乎听得更津津有味地起来。

"园中花，

朵朵红。

我呼姊姊，

快来看花。"

……

"懂了么？"

"嗯——"

"真懂了么？不懂的要问，我还可以替你再讲的。"

"那——"

"那么明天我问！"我说的时候很郑重，心里却很高兴。我好像真个是一个先生了；而且能够摆出了一点先生的架子似的。

然而，这位先生终于是一个孩子，有时因为一点小事便恼怒了。在白墙上用炭写了许多"郭曼青，郭曼青……"；

在黑墙上又用粉笔写了许多"郭曼青，郭曼青……"。罢教三日，这是常有的事。到了恢复的时候，她每每不高兴地咕噜着！

"你尽写我的名字。"

现在想起来也真好笑，要不是我教会了她的名字，她怎么会知道我写的是她的名字呢？

几个月的成绩如何，我并没有实际考察过，但最低的限度，她已经是一个能够认识她自己名字的人。

哥哥病的时候，她们早已迁到旁的地方去了，哥哥死后，母亲倒有一次提过曼青姑娘的事，那时我还不很懂呢。母亲说：

"郭家的姑娘不是一个好人。有一次你哥哥从学校回来，已经夜了，是她出去开的门，她捏你哥哥的手……"

"哥哥呢？"

"没有睬她。"

我想起哥哥在的时候，他每逢遇着曼青姑娘，总是和蔼地笑，也不为礼。曼青姑娘呢，报之以笑，但笑过后便把头低下去了。

曼青姑娘的模样，我到现在还是记得清清楚楚的，她的眼睛并不很大，可是眯眯地最媚人；她的身材不很高，可是确有袅娜的风姿。在我记忆中的女人，大约曼青姑娘是最美丽的了。同时，她母亲的模样，在我脑中也铭刻着最深的印象；我从来没有见过那样神秘、鬼蜮难看的女人。的确地，她真仿佛我从故事里听来的巫婆一样；她或者真是一个人间的典型的巫婆也未可知。

她们虽然离开我们了，而曼青姑娘的母亲，还是不断地来找我们。逢到母亲忧郁的时候，她也装成一副带愁的面孔陪着，母亲提起了我的哥哥，她也便说起我的哥哥。

"真是怪可惜的，那么一个聪明秀气，那么一个温和谦雅的人……我和姑娘；谁不夸他好呢？偏偏不长寿……"

母亲如果提到曼青姑娘，她于是又说起了她。

"姑娘也是一个命苦的人，这些日子尽阴自哭了，问她为什么，她也不肯说。汤先生——那个在这地作官的——还是春天来过一封信，寄了几十块钱，说夏天要把姑娘接回南……可是直到现在，也没有见他的影子。"

说完了是长吁短叹，好像人世难过似的。

她每次来，都要带着一两个大小的包袱，当她临走的时候，才从容，似乎顺便地说：

"这是半匹最好的华丝葛，只卖十块钱；这是半打丝袜子，只卖五块……这些东西要在店里买去，双倍的价钱恐怕也买不来的。留下一点罢，我是替旁人弄钱，如果要，还可以再少一点的，因为都不是外人……"

母亲被她这种花言巧语蛊惑着，上当恐怕不只一次了。后来渐渐窥破了她的伎俩，便不再买她的东西了。母亲也发现了她同时是一个可怕的巫婆么？我不知道。

我到了哥哥那样年龄，我也住到学校的宿舍里去。每逢回家听见母亲提到曼青姑娘的事，已不似以前那样的茫然。后来我又曾听说过，我们的米，我们的煤，我们的钱，都时常被父亲遣人送到曼青姑娘家里去，也许罢，人家要说这是济人之急的，但我对于这种博大的同情，分外的施与，总是禁不住地怀疑。

啊，我想起来了，那丝袜的来源，那绸缎的赠送者了……

那是不是一群愚笨可笑的呆子呢？

美女的笑，给你，也会给他，给了一切的人。巫婆的计，售你，也会售他；售了一切的人。

曼青姑娘是一个桃花般的女子，她的颜色，恐怕都是吸来了无数人们的血液化成的。

在激情下我切齿恨她了；同时我也切齿恨了所有人类的那种丑恶的根性！

曼青姑娘，听说后来又几度地嫁过男人，最后，终于被她母亲卖到娼家去了。

究竟摆脱不过的是人类的丑恶的根性，还是敌不过那巫婆的诡计呢？我有时一想到郭家的事，便这样被没有答案地忿恨而哽怅着。

然而，很凑巧地，后来我又听人说到曼青姑娘了；说她是从幼抱来的，她所唤的母亲，并不是生她的母亲，而是一个世间的巫婆。

在冷静独思的当儿，理智罩在我心底的时刻，我又不得不替曼青姑娘这样想了：她的言笑，她的举止，她的一切，恐怕那都是鞭笞下的产物；她的肉体和灵魂，长期被人蹂躏而玩弄着；她的青春没有一朵花，只换来了几个金钱，装在那个巫婆的口袋里罢了……

在这广大而扰攘的世间，她才是一个最可怜而且孤独的人。怜悯她的，同情她的固然没有，就是知道她的人，恐怕也没有几个罢。

一九三〇，七月改作

（原载《北新》第 4 卷第 21—22 号合刊）

背　影

朱自清

　　我与父亲不相见已二年余了，我最不能忘记的是他的背影。那年冬天，祖母死了，父亲的差使也交卸了，正是祸不单行的日子，我从北京到徐州，打算跟着父亲奔丧回家。到徐州见着父亲，看见满院狼藉的东西，又想起祖母，不禁簌簌地流下眼泪。父亲说："事已如此，不必难过，好在天无绝人之路！"

　　回家变卖典质，父亲还了亏空；又借钱办了丧事。这些日子，家中光景很是惨淡，一半为了丧事，一半为了父亲赋闲。丧事完毕，父亲要到南京谋事，我也要回北京念书，我们便同行。

　　到南京时，有朋友约去游逛，勾留了一日；第二日上午便须渡江到浦口，下午上车北去。父亲因为事忙，本已说定不送我，叫旅馆里一个熟识的茶房陪我同去。他再三嘱咐茶房，甚是仔细。但他终于不放心，怕茶房不妥帖；颇踌躇了一会。其实我那年已二十岁，北京已来往过两三次，是没有什么要紧的了。他踌躇了一会，终于决定还是自己送我去。我两三回劝他不必去；他只说："不要紧，他们去不好！"

我们过了江，进了车站。我买票，他忙着照看行李。行李太多了，得向脚夫行些小费，才可过去。他便又忙着和他们讲价钱。我那时真是聪明过分，总觉他说话不大漂亮，非自己插嘴不可。但他终于讲定了价钱；就送我上车。他给我拣定了靠车门的一张椅子；我将他给我做的紫毛大衣铺好座位。他嘱我路上小心，夜里警醒些，不要受凉。又嘱托茶房好好照应我。我心里暗笑他的迂；他们只认得钱，托他们真是白托！而且我这样大年纪的人，难道还不能料理自己么？唉，我现在想想，那时真是太聪明了！

我说道："爸爸，你走吧。"他望车外看了看，说："我买几个橘子去。你就在此地，不要走动。"我看那边月台的栅栏外有几个卖东西的等着顾客。走到那边月台，须穿过铁道，须跳下去又爬上去。父亲是一个胖子，走过去自然要费事些。我本来要去的，他不肯，只好让他去。我看见他戴着黑布小帽，穿着黑布大马褂，深青布棉袍，蹒跚地走到铁道边，慢慢探身下去，尚不大难。可是他穿过铁道，要爬上那边月台，就不容易了。他用两手攀着上

面，两脚再向上缩；他肥胖的身子向左微倾，显出努力的样子。这时我看见他的背影，我的泪很快地流下来了。我赶紧拭干了泪，怕他看见，也怕别人看见。我再向外看时，他已抱了朱红的橘子望回走了。过铁道时，他先将橘子散放在地上，自己慢慢爬下，再抱起橘子走。到这边时，我赶紧去搀他。他和我走到车上，将橘子一股脑儿放在我的皮大衣上。于是扑扑衣上的泥土，心里很轻松似的，过一会说："我走了；到那边来信！"我望着他走出去。他走了几步，回过头看见我，说："进去吧，里边没人。"等他的背影混入来来往往的人里，再找不着了，我便进来坐下，我的眼泪又来了。

　　近几年来，父亲和我都是东奔西走，家中光景是一日不如一日。他少年出外谋生，独力支持，做了许多大事。哪知老境却如此颓唐！他触目伤怀，自然情不能自已。情郁于中，自然要发之于外；家庭琐屑便往往触他之怒。他待我渐渐不同往日。但最近两年的不见，他终于忘却我的不好，只是惦记着我，惦记着我的儿子。我北来后，他写了一信给我，信中说道："我身体平安，惟膀子疼痛厉害，举箸提笔，诸多不便，大约大去之期不远矣。"我读到此处，在晶莹的泪光中，又看见那肥胖的、青布棉袍、黑布马褂的背影。唉！我不知何时再能与他相见！

一九二五年十月，在北京

记顾仲雍

孙伏园

　　珊瑚细珠穿成的瓜皮帽结，光绪末年很通行于江浙一带。时风所被，愈趋而愈益新奇，于是少年人有以整块珊瑚雕为帽结形状者，其实听说只是某种大鱼的骨头染成红色罢了。头上戴了这样鱼骨帽结的小帽，身上又穿着一件金丝绒的马褂，由现在回忆起来，简直像一个缩小了的候补道，这就是宣统元二年时代的顾世明，字仲雍。那时我十七岁，他大概更小罢；我们同是浙江绍兴的一个师范学校的学生。

　　学校在一个专断而又热心的维新守旧党的手中。我们的学校生活，除了依照学校的规则，机械地进行以外，现在简直记不起一件有趣的事。只记得我与仲雍是同在一个寝室的楼上住的，从归寝到熄灯统共只有十分钟，所以每天我们都得匆匆忙忙地脱衣上床；上床之后刚想有什么关于白天学校以内的事件的讨论，忽而寝室的玻璃门裹映进了《诸葛灯》的白光，我们或者就从此不则一声睡着了，或者等候三五分钟之后不见灯光了再开讲。从来发明一个抵制的方法，是在寝室的总门上系了一条绳，每日由同学轮流掌管牵绳的事务，一到熄灯以后舍监或校长上楼检查以后，绳便紧紧地牵住，使他们没有第二次上楼的希望，我们便可以畅所欲谈。

　　这一条绳的计划后来被破获于一个新来的校长。他对于学校的办法与前校长大不相同了，功课上使我们有讨论研究问难的完全自由。他是宣统三年革命的时候进来的，那时我们同学的精神也随着革命的潮流洗去了不少的旧染。但他在有一天的晚上检查寝室的时候，却发见了我们的秘密。据第二天掌握牵绳的同学报告，昨晚熄灯时新校长跟在听差的背后，把一条长绳咕咕咕咕的抽完拿走了。这新校长就是今日人人知道的小说家鲁迅先生。

　　出师范学校以后，我各处地跑，仲雍也各处地跑罢，十余年间谁也不知道谁的消息。一直到戴东原二百年的纪念会场中，他走上安徽会馆的戏台上来与我握手，这才知道我们同住在一个北京城里却不相问闻者也有半年了。从此他便常寄些文艺作品给我，那时我正编辑晨报副刊，替他发表的计有《昨夜》等等三四篇，而《昨夜》一篇尤其得适之先生的赞许。

　　暑假我到陕西旅行去了，他也回到绍兴去过夏。夏已完了，秋也去了，而还杳无仲雍北来的消息，朋友们都说大概是交通阻碍之故罢。果然，单不厂先生接得他父亲自署"弟反服生"的来信，说仲雍无日不想北行，只因交通断绝，竟发了十余日的梦呓急死了，说的全是文学上的话，他一点也不懂。我说梦呓一定是伤寒的病象，绍兴虽然有个美国医生，大战时曾经主张将同盟协约两方的兵力合攻霉菌的，但环境的力量到底大，反服生先生大概不肯去请教洋鬼子的罢，于是一个青年小说家轻轻易易地被霉菌攻克了。

我所知道关于顾仲雍的事只是这一点。

原刊《语丝》第一期，一九二四年

十一月十七日出版

寄燕北故人

庐隐

亲爱的朋友们：

在你们闪烁的灵光里，大约还有些我的影子吧！但我们不见已经四年了，以我的测度你们一定不同从前了，——至少梅姊给我的印影——夕阳下一个倚新坟而凝泪的梅姊，比起那衰草寒烟的梅窠，吃鸡蛋煎菊花的豪情逸兴要两样了。至于轩姊呢，听说愁病交缠，近来更是人比黄花瘦，那么中央公园里，慢步低吟的幽趣，怕又被病魔销尽了！……呵！现在想到隽妹，更使我心惊！我记得我离开燕京的时候，她还睡在医院里，后来虽常常由信里知道她的病终久痊愈了，并且她又生了两个小孩子，但是她活泼的精神，和天真的情态，不会因为病后改变了吗？

唉！不过四年短促的岁月中，便有这许多变迁了，谁还敢打开既往的生活史看，更谁敢向那未来的生活上推想！

我自从去年自己害了一场大病，接着又遭人生的大不幸，终日只是被暗愁锁着。无论怎样的环境，都是我滋感之菌——清风明月，苦雨寒窗，我都曾对之泣泪泛澜，去年我不是告诉你们：我伴送涵的灵柩回乡吗？那时我满想将我的未来命运，整个地埋没于僻塞的故乡，权当归真的墟墓吧！

但是当我所乘的轮船才到故乡的海岸时，已经给我一个可怕的暗示——一片寒光，深笼碧水，四顾不禁毛发为之悚栗，满不是我意想中足以和暖我战惧灵魂的故乡。及至上了岸，就见家人，约了许多道士，在一张四方木桌上，满插着招魂幡旗，迎冷风而飘扬。

只见涵的衰年老父，揾泪长号，和那招魂的磬钹繁响争激。唉！马江水碧；鼓岭云高；渺渺幽冥，究竟何处招魂！徒使劫余的我，肝肠俱断。到家门时，更是凄冷鬼境，非复人间。唉！那高举的丧幡，沉沉的白幔，正同五年前我奔母亲丧时的一样刺心伤神。——不过几年之间，我却两度受造物者的宰割。哎！雨打风摧，更经得几番磨折！——再加着故乡中的俚俗困人，我究竟不过住了半年，又离开故乡了——正是谁念客身轻似叶，千里飘零！

去年承你们的盛情约我北去，更续旧游；只恨我胆怯，始终不敢应诺。按说北京是我第二故乡，我七八岁的时候，就和它相亲相近。直到我离开它，其间差不多十八九年。它使我发生对它的好感，实远胜我发源地的故乡。我到北京去，自然是很妥当而适意的了。不过你们应当知道，我为什么不敢去？东交民巷的皎月馨风，万牲园的幽廊斜晖，中央公园的薄霜淡雾，都深深地镂刻着我和涵的往事前尘！我又怎么敢去？怎么忍去！朋友们！你们千里外的故人，原是不中用的呢！不过也不必因此失望，因为近来我似乎又找到新生路了，只要我的灵魂出了牢狱，我便可和你们相见了！

我这一次重到上海，得到一个出我意料外的寂静的环境，读书作稿，都用不着等待更深夜静。确是蓼荻绕宅，梧桐当户，荒坟蔓草，白杨晚鸦，而它们萧然的长叹，或冷漠，都给我以莫大的安慰，并且启示我，为俗虑所掩遮的灵光——虽只是很淡薄的灵光，然而我已经似有所悟了。

我所住的房子，正对着一片旷野，窗前高列着几棵大树，枝叶繁茂，宿鸟成阵，时时鼓舌如簧，娇啭不绝。我课余无事，每每开窗静听，在它们的快乐声中，常常告诉我，它们是自由的……有时竟觉得，它们在嘲笑我太不自由了。因为我灵魂永远不曾解放过，我不能离开现实而体察神的隐秘。无论作什么事情，都只能宛转因人，这不是太怯弱了吗？

有一天我正向窗外凝视，忽然看见几个小孩子，满脸都是污泥，衣服也和他们的脸一样的肮脏，在我们房子左右满了落叶枯枝的草地上，摭拾那落叶枯枝。这时我由不得心里一惊——天寒岁暮了，这些孩子们，捡这枯枝，想来是，燃了取暖的。昨天听说这左右发见不少小贼，于是我告诉门房的人，把那些孩子赶了出去；并且还交代小工，将那破损的竹篱笆修修好，不要让闲杂人进来。……这自然是我的责任，但是我可对不起那几个圣洁的小灵魂了。我简直是蔑视他们，贼自然是可怕的罪恶，然而我没有用人，只知道关紧门，不许他们进来，这只图自己的安适，再不为那些不幸的人们着想，这是多么卑鄙的灵魂？除自私之外没有更大的东西了！

朋友们：在这灵光一瞥中，我发见了人类的丑恶，所以现在除了不幸的人外，我没有朋友。有许多人，对着某一个不幸的人，虽有时也说可怜，然而只是上下唇，及舌头筋肉间的活动，和音带的震响罢了——，真是十三分的漠然，或者可以说，其间含着幸灾乐祸的恶意呢！总之，一个从来不懂悲哀和痛苦真义的人，要叫他能了解悲哀和痛苦的神秘，未免太不容易！所以朋友们！你们要好好记住，如果你们是有痛苦悲哀的时候，与其对那些不能了解的人诉说，希冀他们予以同情的共鸣，那只是你们的幻想，绝不会成事实的。不如闭紧你们的口，眼泪向肚里流要好得多呢。

悲哀才是一种美妙的快感，因为悲哀的纤维，是特别的精细。它无论是触于怎样温柔的玫瑰花朵上，也能明切地感觉到。比起那近于欲的快乐的享受，真是要耐人寻味多了。并且只有悲哀，能与超乎一切的神灵接近。当你用怜悯而伤感的泪眼，去认识神灵的所在，比较你用浮夸的享乐的欲眼时，要高明得多，悲哀诚然是伟大的！

朋友们！你们读我的信到这个地方，总要放下来揣想一下吧！甚或要问这倒是怎么一回事？——想来这个不幸的人，必是被暗愁搅乱了神经，不然为何如此尊崇悲哀和不幸者呢？……要不然这个不幸的人，一定改了前此旷达的心胸，自囿于凄栗之中。……呵！朋友们！如果你们如是地怀疑，我可以诚诚实实地告诉你们，这揣想完全错了。我现在的态度，固然是比较从前严肃，然而我却好久不掉眼泪了。看见人家伤心，我仿佛是得到一句隽永的名句，有意义的，耐人寻味的名句。我得到这名句，一面是刻骨子的欣赏，一面又从其中得到慰安，这真是一种灵的认识，从悲哀的历程中，所发见的宝藏。

　　我前此常常觉得人生，过于单调：青春时互相地爱恋者，一天天平凡地度过去，究竟什么是生命的意义！——有什么无上的价值，完全不明了。现在我仿佛得到神明的诏示，真了解悲哀才有与神接近的机会，才能以鲜红的热血为不幸者牺牲。朋友们！我相信你们中一定有能了解我这话的人，至少梅姊可以和我表同情，是不是？

　　我自从沦入失望和深愁浸渍的漩涡中，一直总是颓废不振，我常常自危，幸而近来灵光普照，差不多已由颓废的漩涡中扎挣起来了。只要我一旦对于我的灵魂，更能比较地解放，更认识得清楚些，那么那个人的小得失，必不至使我惊心动魄了。

　　梅姊的近状如何？我记得上半年来信，神气十分萎靡。固然我也知道梅姊的遭遇多苦。但是，我希望梅姊把自己的价值看重些，把自己的责任看大些，象我们这种个人的失意，应该把它稍为靠后些，因为这悲哀造成的世界，本以悲哀为原则，不过有的是可医治的悲哀，有的是不可医治的悲哀。我们的悲哀，是不可医治的根本的烦冤，除非毁灭，是不能使我们与悲哀相脱离，我们只有推广这悲哀的意味，与一切不幸者同运命，我们的悲哀岂不更觉有意义些吗？呵！亲爱的朋友！为了怜悯一个贫病的小孩子而流泪，要比因自己的不幸而流泪，要有意味得多呢！

　　神实在是不可思议的，所以能够使世界瑰琦灿烂，不可逼视。在这里我要告诉你一件很有趣味的事实。前天下午，我去看星姊。那时美丽的太阳，正射着玫瑰色的玻璃

最美的散文（中国卷）

〇二三

窗上，天边浮动着变幻的浅蓝的飞云，我走到星姊的房间的时候，正静悄悄不听一点声息。后来我开门进去，只见星姊正在摇篮旁用手极轻微地摇着睡在里面的小孩子，我一看，突然感觉到母亲伟大而高远的爱的神光，从星姊的两眸子中流射出来，那真是一朵不可思议的灿烂之花！

呵隽妹！我现在能想象你，那温慈的爱欢，正注射着你那可爱的娇儿呢！这真是人间最大慰安吧。无论是怎么痛苦或疲乏的人，只要被母亲的春晖拂照便立刻有了生气，世界上还有比母亲的爱更伟大么。这正是能牺牲自己而爱，爱她们的孩子，并且又是无所为而爱的呵！母亲的爱是怎样的神圣，也正和为不幸而悲哀同样有意味呢！

现在天气冷了，秋风秋雨一阵紧一阵。燕北彤云，雪意必浓，四境的冷涩，不知又使多少贫苦人惊心骇魄。但愿梅姊用悲哀的更大同情，为他们洗涤创污；隽妹以母亲伟大的温情，为他们的孤零嘘拂。

如果是无甚阻碍，明年暑假，我们定可图一晤。敬祝亲爱的朋友为使灵魂的超越而努力呵！

你们海角的故人书于凄风冷雨之下。

（选自《曼丽》集；北京古城书社 1928 年 1 月版）

故都的秋

郁达夫

秋天，无论在什么地方的秋天，总是好的；可是啊，北国的秋，却特别地来得清，来得静，来得悲凉。我的不远千里，要从杭州赶上青岛，更要从青岛赶上北平来的理由，也不过想饱尝一尝这"秋"，这故都的秋味。

江南，秋当然也是有的；但草木凋得慢，空气来得润，天的颜色显得淡，并且又时常多雨而少风；一个人夹在苏州上海杭州，或厦门香港广州的市民中间，浑浑沌沌地过去，只能感到一点点清凉，秋的味，秋的色，秋的意境与姿态，总看不饱，尝不透，赏玩不到十足。秋并不是名花，也并不是美酒，那一种半开、半醉的状态，在领略秋的过程上，是不合适的。

不逢北国之秋，已将近十余年了。在南方每年到了秋天，总要想起陶然亭的芦花，钓鱼台的柳影，西山的虫唱，玉泉的夜月，潭柘寺的钟声。在北平即使不出门去罢，就是在皇城人海之中，租人家一椽破屋来住着，早晨起来，泡一碗浓茶、向院子一坐，你也能看得到很高很高的碧绿的天色，听得到青天下驯鸽的飞声。从槐树叶底，朝东细数着一丝一丝漏下来的日光，或在破壁腰中，静对着像喇叭似的牵牛花（朝荣）的蓝朵，自然而然地也能够感觉到十分的秋意。说到了牵牛花，我以为以蓝色或白色者为佳，紫黑色次之，淡红者最下。最好，还要在牵牛花底，教长着几根疏疏落落的尖细且长的秋草，使作陪衬。

北国的槐树，也是一种能使人联想起秋来的点缀。像花而又不是花的那一种落蕊，早晨起来，会铺得满地。脚踏上去，声音也没有，气味也没有，只能感出一点点极微细极柔软的触觉。扫街的在树影下一阵扫后，灰土上留下来的一条条扫帚的丝纹，看起来既觉得细腻，又觉得清闲，潜意识下并且还觉得有点儿落寞，古人所说的梧桐一叶而天下知秋的遥想，大约也就在这些深沉的地方。

秋蝉的衰弱的残声，更是北国的特产；因为北平处处全长着树，屋子又低，所以无论在什么地方，都听得见它们的啼唱。在南方是非要上郊外或山上去才听得到的。这秋蝉的嘶叫，在北平可和蟋蟀、耗子一样，简直像是家家户户都养在家里的家虫。

还有秋雨哩，北方的秋雨，也似乎比南方的下得奇，下得有味，下得更像样。

在灰沉沉的天底下，忽而来一阵凉风，便息列索落地下起雨来了。一层雨过，云渐渐地卷向了西去，天又青了，太阳又露出脸来了；着着很厚的青布单衣或夹袄的都市闲人，咬着烟管，在雨后的斜桥影里，上桥头树底下去一立，遇见熟人，便会用了缓慢悠闲的声调，微叹着互答着地说：

"唉，天可真凉了——"（这了字念得很高，拖得很长。)

　　"可不是么？一层秋雨一层凉啦！"

　　北方人念阵字，总老像是层字，平平仄仄起来，这念错的歧韵，倒来得正好。

　　北方的果树，到秋来，也是一种奇景。第一是枣子树：屋角，墙头，茅房边上，灶房门口，它都会一株株地长大起来；像橄榄又像鸽蛋似的这枣子颗儿，在小椭圆形的细叶中间，显出淡绿微黄的颜色的时候，正是秋的全盛时期；等枣树叶落，枣子红完，西北风就要起来了，北方便是尘沙灰土的世界，只有这枣子、柿子、葡萄，成熟到八九分的七八月之交，是北国的清秋的佳日，是一年之中最好也没有的Golden Days。

　　有些批评家说，中国的文人学士，尤其是诗人，都带着很浓厚的颓废色彩，所以中国的诗文里，颂赞秋的文字特别的多。但外国的诗人，又何尝不然？我虽则外国诗文念得不多，也不想开出账来，做一篇秋的诗歌散文钞，但你若去一翻英德法意等诗人的集子，或各国的诗文的Anthology选集来，总能够看到许多关于秋的歌颂与悲啼。各著名的大诗人的长篇田园诗或四季诗里，也总以关于秋的部分，写得最出色而最有味。足见有感觉的动物，有情趣的人类，对于秋，总是一样地能特别引起深沉，幽远，严厉，萧索的感触来的。不单是诗人，就是被关闭在牢狱里的囚犯，到了秋天，我想也一定会感到一种不能自己的深情；秋之于人，何尝有国别，更何尝有人种阶级的区别呢？不过在中国，文字里有一个"秋士"的成语，读本里又有着很普遍的欧阳子的《秋声》与苏东坡的《赤壁赋》等，就觉得中国的文人，与秋的关系特别深了。可是这秋的深味，尤其是中国的秋的深味，非要在北方，才感受得到底。

南国之秋，当然是也有它的特异的地方的，譬如廿四桥的明月，钱塘江的秋潮，普陀山的凉雾，荔枝湾的残荷等等，可是色彩不浓，回味不永。比起北国的秋来，正像是黄酒之与白干，稀饭之与馍馍，鲈鱼之与大蟹，黄犬之与骆驼。

秋天，这北国的秋天，若留得住的话，我愿把寿命的三分之二折去，换得一个三分之一的零头。

一九三四年八月，在北平

盛会思良友

在南京当新闻记者的时候，我们二三十个朋友，另外成了一群，以年龄论，这一群人，由四十多岁到十几岁，以职业论，由社长到校对，可说是极平等忘年又忘形的一个集合。这个集合，并没有哪个任联络员，也没有什么条例规定，更没有什么集会的场合与时间。可是这一群人，每日总有三四个或七八个，在一处不期而会，简直是金圣叹那话："毕来之日甚少，非甚风雨，而尽不来之日亦少。"（见《水浒》金伪托施耐庵作序）会面的地方，大概不外四五处，夫子庙歌场或酒家，党公巷汪剑荣家（照相馆主人，亦系摄影记者），城北湖北路医生叶古红家，新街口酒家，中正路南京人报或华报，中央商场绿香园。除了在酒家会面，多半是受着人家招待而外，其余都是互为宾主，谁高兴谁就掏钱，谁没钱也就不必虚谦，叨扰过之后，尽管扬长而去。反正谁掏得出钱谁掏不出钱，大家明白，毋须做样。

这种集合，都在业余，我们也并不冒犯"群居终日，言不及义"的嫌疑。若不受招待，那就人多了，闹酒是必然的举动，我在座，有时实在皱了眉感到不像话，常是把醉人抬出酒家，用黄包车拖了回去。可是这个醉人，明日如有集会场合，还照来一次。自然这就噱头很多，如黄社长在大三元向歌女发脾气，踢翻了席面（有大闹子楼的场面、非常火炽），巨头记者在皇后酒家，用英语代表南京记者演说之类，你常思之十日，不能毕其味。

说到别的集会呢，或者是喝杯酽茶，吃几个烧饼，或者吃顿便饭，或者听一场大鼓书，或者来一段皮簧。自然，有人会邀着打一场麻将。但一打麻将，是另一种局面，至少像我这种人，就告退了。有时偶然也会风雅一点，如邀伴到后湖划船，在莫愁湖上联句作诗之类，只是这带酸味的玩意，年轻朋友，多半不来。这里面也免不了女性点缀，几个文理相当通的歌女，随着里面叫干爹叫老师，年轻的几位朋友，索性和歌女拜把子。哄得厉害！但我得声明一句，他们这关系完全建筑在纯洁的友谊上。有铁一般的反证，就是我们既无钱也无地位。

我们也有几个社外社员（因为他们并非记者），如易君左、卢冀野、潘伯鹰等约莫六七位朋友也喜欢加入我们这集会。大概以为我们这种玩法，虽属轻松，却不下流，所以我们流落在重庆的一部分朋友，谈到了往事，都感到盛会不常，盛筵难再，何以言之！因为这些朋友，有的死了，有的不知消息了，有的穷得难以生存了。

（原载 1944 年 11 月 21 日重庆《新民报》）

初　恋

周作人

　　那时我十四岁，她大约是十三岁罢。我跟着祖父的姜宋姨太太寄寓在杭州的花牌楼，间壁住着一家姚姓，她便是那家的女儿。伊本姓杨，住在清波门头，大约因为行三，人家都称她作三姑娘。姚家老夫妇没有子女，便认她做干女儿，一个月里有二十多天住在他们家里，宋姨太太和远邻的羊肉店石家的媳妇虽然很说得来，与姚宅的老妇却感情很坏，彼此都不交口，但是三姑娘并不管这些事，仍旧推进门来游嬉。她大抵先到楼上去，同宋姨太太搭讪一回，随后走下楼来，站在我同仆人阮升公用的一张板桌旁边，抱着名叫"三花"的一只大猫，看我映写陆润庠的木刻的字帖。

　　我不曾和她谈过一句话，也不曾仔细地看过她的面貌与姿态。大约我在那时已经很是近视，但是还有一层缘故，虽然非意识的对于她很是感到亲近，一面却似乎为她的光辉所掩，开不起眼来去端详她了。在此刻回想起来，仿佛是一个尖面庞，乌眼睛，瘦小身材，而且有尖小的脚的少女，并没有什么殊胜的地方，但在我的性的生活里总是第一个人，使我于自己以外感到对于别人的爱着，引起我没有明了的性的概念的对于异性的恋慕的第一个人了。

我在那时候当然是"丑小鸭"，自己也是知道的，但是终不以此而减灭我的热情。每逢她抱着猫来看我写字，我便不自觉地振作起来，用了平常所无的努力去映写，感着一种无所希求迷濛的喜乐。并不问她是否爱我，或者也还不知道自己是爱着她，总之对于她的存在感到亲近喜悦，并且愿为她有所尽力，这是当时实在的心情，也是她所给我的赐物了。在她是怎样不能知道，自己的情绪大约只是淡淡的一种恋慕，始终没有想到男女夫妇的问题。有一天晚上，宋姨太太忽然又发表对于姚姓的憎恨，末了说道：

"阿三那小东西，也不是好东西，将来总要流落到拱辰桥去做婊子的。"

我不很明白做婊子这些是什么事情，但当时听了心里想道：

"她如果真是流落做了婊子，我必定去救她出来。"

大半年的光阴这样地消费过去了。到了七八月里因为母亲生病，我便离开杭州回家去了。一个月以后，阮升告假回去，顺便到我家里，说起花牌楼的事情，说道：

"杨家的三姑娘患霍乱死了。"

我那时也很觉得不快，想象她的悲惨的死相，但同时却又似乎很是安静，仿佛心里有一块大石头已经放下了。

十年九月

雪

鲁彦

　　美丽的雪花飞舞起来了。我已经有三年不曾见着它。

　　去年在福建，仿佛比现在更迟一点，也曾见过雪。但那是远处山顶的积雪，可不是飞舞着的雪花。在平原上，它只是偶然地随着雨点洒下来几颗，没有落到地面的时候。它的颜色是灰的，不是白色；它的重量像是雨点，并不会飞舞。一到地面，它立刻融成了水，没有痕迹，也未尝跳跃，也未尝发出悉窣的声音，像江浙一带下雪子时的模样。这样的雪，在四十年来第一次看见它的老年的福建人，诚然能感到特别的意味，谈得津津有味，但在我，却总觉得索然。"福建下过雪"，我可没有这样想过。

　　我喜欢眼前飞舞着的上海的雪花。它才是"雪白"的白色，也才是花一样的美丽。它好像比空气还轻，并不从半空里落下来，而是被空气从地面卷起来的。然而它又像是活的生物，像夏天黄昏时候的成群的蚊蚋，像春天流蜜时期的蜜蜂，它的忙碌的飞翔，或上或下，或快或慢，或粘着人身，或拥入窗隙，仿佛自有它自己的意志和目的。它静默无声。但在它飞舞的时候，我们似乎听见了千百万人马的呼号和脚步声，大海的汹涌的波涛声，森林的狂吼声，有时又似乎听见了情人的切切的密语声，礼拜堂的平静的晚祷声，花园里的欢乐的鸟歌声……它所带来的是阴沉与严寒。但在它的飞舞的姿态中，我们看见了慈善的母亲，柔和的情人，活泼的孩子，微笑的花，温暖的太阳，静默的晚霞……它没有气息。但当它扑到我们面上的时候，我们似乎闻到了旷野间鲜洁的空气的气息，山谷中幽雅的兰花的气息，花园里浓郁的玫瑰的气息，清淡的茉莉花的气息……在白天，它做出千百种婀娜的姿态；夜间，它发出银色的光辉，照耀着我们行路的人，又在我们的玻璃窗上札札地绘就了各式各样的花卉和树木，斜的，直的，弯的，倒的。还有那河流，那天上的云……

现在，美丽的雪花飞舞了。我喜欢，我已经有三年不曾见着它。我的喜欢有如四十年来第一次看见它的老年的福建人。但是，和老年的福建人一样，我回想着过去下雪时候的生活，现在的喜悦就像这钻进窗隙落到我桌上的雪花似的，渐渐融化，而且立刻消失了。

记得某年在北京，一个朋友的寓所里，围着火炉，煮着全中国最好的白菜和面，喝着酒，剥着花生，谈笑得几乎忘记了身在异乡；吃得满面通红，两个人一路唱着，一路踏着吱吱地叫着的雪，踉跄地从东长安街的起头踱到西长安街的尽头，又忘记了正是异乡最寒冷的时候。这样的生活，和今天的一比，不禁使我感到惘然。上海的朋友们都像是工厂里的机器，忙碌得一刻没有休息；而在下雪的今天，他们又叫我一个人看守着永不会有人或电话来访问的房子。这是多么孤单，寂寞，乏味的生活。

"没有意思！"我听见过去的我对今天的我这样说了。正像我在福建的时候，对四十年来第一次看见雪的老年的福建人所说的一样。

但是，另一个我出现了。他是足以对着过去的北京的我射出骄傲的眼光来的我。这个我，某年在南京下雪的时候，曾经有过更快活的生活：雪落得很厚，盖住了一切的田野和道路。我和我的爱人在一片荒野中走着。我们辨别不出路径来，也并没有终止的目的。我们只让我们的脚欢喜怎样就怎样。我们的脚常常欢喜踏在最深的沟里。我们未尝感到这是旷野，这是下雪的时节。我们仿佛是在花园里，路是平坦的，而且是柔软的。我们未尝觉得一点寒冷，因为我们的心是热的。

"没有意思！"我听见在南京的我对在北京的我这样说了。正像在北京的我对着今天的我所说的一样，也正像在福建的我对着四十年来第一次看见雪的老年的福建人所说的一样。

然而，我还有一个更可骄傲的我在呢。这个我，是有过更快乐的生活的，在故乡：冬天的早晨，当我从被窝里伸出头来，感觉到特别的寒冷，隔着蚊帐望见天窗特别的阴暗，我就首先知道外面下了雪了。"雪落啦白洋洋，老虎拖娘娘……"这是我躺在被窝里反复地唱着的欢迎雪的歌。别的早晨，照例是母亲和姊姊先起床，等她们煮熟了饭，拿了火炉来，代我烘暖了衣裤鞋袜，才肯钻出被窝，但是在下雪天，我就有了最大的勇气。我不需要火炉，雪就是我的火炉。我把它捻成了团，捧着，丢着。我把它堆成了一个和尚，在它的口里，插上一支香烟。我把它当做糖，放在口里。地上的厚的积雪，是我的地毡，我在它上面打着滚，翻着筋斗。它在我的底下发出嗤嗤的笑声，我在它上面哈哈地回答着。我的心是和它合一的。我和它一样地柔和，和它一样地洁白。我同它到处跳跃，我同它到处飞跑着。我站在屋外，我愿意它把我造成一个雪和尚。我躺在地上愿意它像母亲似的在我身上盖下柔软的美丽的被窝。我愿意随着它在空中飞舞。我愿意随着它落在人的肩上。我愿意雪就是我，我就是雪。我年轻。我有勇气。我有最宝贵的生命的力。我不知道忧虑，不知道苦恼和悲哀……

"没有意思！你这老年人！"我听见幼年的我对着过去的那些我这样说了。正如过去的那些我骄傲地对别个所说的一样。

不错，一切的雪天的生活和幼年的雪天的生活一比，过去的和现在的喜悦是像这钻进窗隙落到我桌上的雪花一样，渐渐融化，而且立刻消失了。

然而对着这时穿着一袭破单衣，站在屋角里发抖的或竟至于僵死在雪地上的穷人，则我的幼年时候快乐的雪天生活的意义，又如何呢？这个他对着这个我，不也在说着"没有意思！"的话吗？

而这个死有完肤的他，对着这时正在零度以下的长城下，捧着冻结了的机关枪，即将被炮弹打成雪片似的兵士，则其意义又将怎样呢？"没有意思！"这句话，该是谁说呢？

天呵，我不能再想了。人间的欢乐无平衡，人间的苦恼亦无边限。世界无终极之点，人类亦无末日之时。我既生为今日的我，为什么要追求或留恋今日的我以外的我呢？今日的我虽说是寂寞地孤单地看守着永没有人或电话来访问的房子，但既可以安逸地躲在房子里烤着火，避免风雪的寒冷；又可以隔着玻璃，诗人一般地静默地鉴赏着雪花飞舞的美的世界，不也是足以自满的我吗？

抓住现实。只有现实是最宝贵的。

眼前雪花飞舞着的世界，就是最现实的现实。

看呵！美丽的雪花飞舞着呢。这就是我三年来相思着而不能见到的雪花。

山中来函

剑三：

　　我还活着。但是至少是一个"出家人"。我住在我们镇上的一个山里，这里有一个新造的祠堂，叫做"三不朽"，这名字肉麻得凶，其实只是一个乡贤祠的变名，我就寄宿在这里。你不要见笑徐志摩活着就进了祠堂，而且是三不朽！这地方倒不坏，我现在坐着写字的窗口，正对着山景，烧剩的庙，精光的树，常青的树，石牌坊戏台，怪形的石错落在树木间，山顶上的宝塔，塔顶上徘徊着的"饿老鹰"有时卖弄着他们穿天响的怪叫，累累的坟堆、享亭、白木的与包着芦席的棺材——都在嫩色的朝阳里浸着。隔壁是祠堂的大厅，供着历代的忠臣、孝子、清客、书生、大官、富翁、棋国手（陈子仙）、数学家（李善兰壬叔）以及我自己的祖宗，他们为什么"不朽"，我始终没有懂；再隔壁是节孝祠，多是些跳井的投河的上吊的吞金的服盐卤的也许吃生鸦片吃火柴头的烈女烈妇以及无数咬紧牙关的"望门寡"，抱牌位做亲的，教子成名的，节妇孝妇，都是牺牲了生前的生命来换死后的冷猪头肉，也还不很靠得住的；

再隔壁是东寺，外边墙壁已是半烂，殿上神像只剩了泥灰。前窗望出去是一条小河的尽头，一条藤萝满攀着磊石的石桥，一条狭堤，过堤一潭清水，不知是血污还是蓄荷池（土音同），一个鬼客栈（厝所）。

一片荒场也是墓墟累累的，再望去是硖石镇的房屋了，这里时常过路的是：香客，挑菜担的乡下人，青布包头的妇人，背着黄叶篓子的童子，戴黑布风帽手提灯笼的和尚，方巾的道士，寄宿在戏台下与我们守望相助的丐翁，牧羊的童子与他的可爱的白山羊，到山上去寻柴，掘树根，或掠干草的，送羹饭与叫姓的（现在眼前就是，真妙，前面一个男子手里拿着一束稻柴，口里喊着病人的名字叫他到"屋里来"，后面跟着一个着红棉袄绿背心的老妇人，撑着一把雨伞，低声地答应着那男子的叫唤）。晚上只听见各种的声响：塔院里的钟声，林子里的风响，寺角上的铃声，远外小儿啼声、狗吠声、枭鸟的咒诅声，石路上行人的脚步声——点缀这山脚下深夜的沉静，管祠堂人的房子里，不时还闹鬼，差不多每天有鬼话听！

这是我的寓处。世界，热闹的世界，离我远得很：北京的灰砂也吹不到我这里来——博生真鄙吝，连一份《晨报》附张都舍不得寄给我；朋友的资讯更是杳然了。今天我偶尔高兴，写成了三段《东山小曲》，现在寄给你，也许可以补补空白。

我唯一的希望只是一场大雪。

志摩问安

一月二十日

雕
刻
时
光

济南的冬天

老舍

对于一个在北平住惯的人，像我，冬天要是不刮大风，便是奇迹；济南的冬天是没有风声的。对于一个刚由伦敦回来的，像我，冬天要能看得见日光，便是怪事；济南的冬天是响晴的。自然，在热带的地方，日光是永远那么毒，响亮的天气反有点叫人害怕。可是，在北中国的冬天，而能有温晴的天气，济南真得算个宝地。

设若单单是有阳光，那也算不了出奇。请闭上眼睛想：一个老城，有山有水，全在蓝天下很暖和安适地睡着；只等春风来把他们唤醒，这是不是个理想的境界？

小山整把济南围了个圈儿，只有北边缺着点口儿。这一圈小山在冬天特别可爱，好像是把济南放在一个小摇篮里，它们全安静不动地低声地说：你们放心吧，这儿准保暖和。真的，济南的人们在冬天是面上含笑的。他们一看那些小山，心中便觉得有了着落，有了依靠。他们由天上看到山上，便不觉地想起：明天也许就是春天了吧？这样的温暖，今天夜里山草也许就绿起来了吧？就是这点幻想不能一时实现，他们也并不着急，因为有这样慈善的冬

天，干啥还希望别的呢。

　　最妙的是下点小雪呀。看吧，山上的矮松越发的青黑，树尖上顶着一髻儿白花，好像日本看护妇。山尖全白了，给蓝天镶上一道银边。山坡上有的地方雪厚点，有的地方草色还露着；这样，一道儿白，一道儿暗黄，给山们穿上一件带水纹的花衣；看着看着，这件花衣好像被风儿吹动，叫你希望看见一点更美的山的肌肤。等到快日落的时候，微黄的阳光斜射在山腰上，那点薄雪好像忽然害了羞，微微露出点粉色。就是下小雪吧，济南是受不住大雪的，那些小山太秀气。

　　古老的济南，城内那么狭窄，城外又那么宽敞，山坡上卧着些小村庄，小村庄的房顶上卧着点雪，对，这是张小水墨画，或者是唐代的名手画的吧。

　　那水呢，不但不结冰，反倒在绿藻上冒着点热气。水藻真绿，把终年贮蓄的绿色全拿出来了。天儿越晴，水藻越绿，就凭这些绿的精神，水也不忍得冻上；况且那长枝的垂柳还要在水里照个影儿呢。看吧，由澄清的河水慢慢往上看吧，空中，半空中，天上，自上而下全是那么清亮，那么蓝汪汪的，整个的是块空灵的蓝水晶。这块水晶里，包着红屋顶，黄草山，像地毯上的小团花的小灰色树影；这就是冬天的济南。

秋天的况味

林语堂

秋天的黄昏，一人独坐在沙发上抽烟，看烟头白灰之下露出红光，微微透露出暖气，心头的情绪便跟着那蓝烟缭绕而上，一样的轻松，一样的自由。不转眼，缭烟变成缕缕的细丝，慢慢不见了，而那霎时，心上的情绪也跟着消沉于大千世界，所以也不讲那时的情绪，只讲那时的情绪的况味。待要再划一根洋火，再点起那已点过三四次的雪茄，却因白灰已积得太多而点不着，乃轻轻地一弹，烟灰静悄悄地落在铜炉上，其静寂如同我此时用毛笔写在纸上一样，一点的声息也没有。于是再点起来，一口一口地吞云吐雾，香气扑鼻，宛如偎红倚翠温香在抱的情调。于是想到烟，想到这烟一股温煦的热气，想到室中缭绕暗淡的烟霞，想到秋天的意味。这时才忆起，向来诗文上秋的含义，并不是这样的，使人联想的是萧杀，是凄凉，是秋扇，是红叶，是荒林，是姜草。然而秋确有另一意味，没有春天的阳气勃勃，也没有夏天的炎烈迫人，也不像冬天之全入于枯槁凋零。我所爱的是秋林古气磅礴气象。有人以老气横秋骂人，可见是不懂得秋林古色之滋味。在四时中，我于秋是有偏爱的，所以不妨说说。秋是代表成熟，对于春天之明媚娇艳，夏日的茂密浓深，都是过来人，不足为奇了。所以其色淡，叶多黄，有古色苍茏之概，不单以葱翠争荣了。这是我所谓秋天的意味。大概我所爱的不是晚秋，是初秋，那时暄气初消，月正圆，蟹正肥，桂花皎洁，也未陷入凛冽萧瑟气态，这是最值得赏乐的，那时的温和，如我烟上的红灰，只是一股熏熟的温香罢了。或如文人已排脱下笔惊人的格调，而渐趋纯熟练达，宏毅坚实，其文读来有深长意味。这就是庄子所谓"正得秋而万宝成"结实的意义。在人生上最享乐的就是这一类的事。比如酒以醇以老为佳，烟也有和烈之辨，雪茄之佳者，远胜于香烟，因其味较和。倘是烧得得法，慢慢地吸完一支，看那红光炙发，有无穷的意味。鸦片吾不知，然看见人在烟灯上烧，听那微微哔剥的声音，也觉得有一种诗意。大概凡是古老、纯熟、熏黄、熟练的事物，都使我得到同样的愉快。如一只熏黑的陶锅在烘炉上用慢火炖猪肉时所发出的锅中徐吟的声调，使我感到同看人烧大烟一样的兴味。或如一本用过二十年而尚未破烂的字典，或是一张用了半世的书桌，或如看见街上一熏黑了老气横秋的招牌，或是看见书法大家苍劲雄浑的笔迹，都令人有相同的快乐。人生世上如岁月之有四时，必须要经过这纯熟时期，如女人发育健全遭遇安顺的，亦必有一时徐娘半老的风韵，为二八佳人所不及者。使我最佩服的是邓肯的佳句："世人只会吟咏春天与恋爱，真无道理。须知秋天的景色，更华丽，更恢奇，而秋天的快乐有万倍的雄壮、惊奇、都丽。我真可怜那些妇女识见偏狭，使她们错过爱之秋天的宏大的赠赐。"若邓肯者，可谓识趣之人。

到丽采湖去

靳以

　　高加索的群山挡住北来的寒风，黑海又从南方送来了温暖，索奇到冬天还是一片绿。许多条街都被树遮住了蓝天，只有在微风吹动的时候，看到闪烁的阳光的白点。灯也像花一样地站在路边，三个五个一簇，到晚来就像一朵朵盛开的白莲。在这里，连土地也是温暖的，在玛采斯塔的地下冒出来的是"有火的水"，它使白皙的皮肤变成红润，它为人们祛除体内的风寒，尽管才有七万居民，可是每年它迎接了四十万休养的人。

　　我们到这里来就是为了在匆忙的访问中得到几天的休憩，让我们忙中有闲，让我们在冬天的日子中找到春天。

　　当我们来到了这里，我们就想起丽采湖，虽然有上百公里的路途，我们想在温暖的日子中，在宽坦的公路上奔驰该没有什么困难。可是陪伴我们的罗斯塔明克同志却告诉我，几天前的大雪封了山路，在路途中也许会遭遇到一些意外的危险。但在我们的心中，总觉得有一点说不出的怅惘，我想着那美丽的湖，那个美丽的故事反复地闪在我的心间——说是有那么一个美丽姑娘阿丽采，她原来是在

最美的散文（中国卷）

〇四六

这群山中间长大的，她徜徉在清秀的山林间，这里有饱孕甜汁的鲜果，这里有使人青春常驻的仙泉。可是一个有钱的商人闯进来了，他想占有这座山，这眼泉。还想占有这个美丽的姑娘。阿丽采是勇敢的，当这个贪婪的人睡觉的时候，她从山顶上把一方大石丢下来，砸死了恶人，把土地压沉，陷成了一个一百五十公尺深，六百公尺宽，一千公尺长的丽采湖。深邃的湖水映着戴雪的高峰的倒影，一点人声，一只鸟鸣，都在这翠绿的山谷中响着幽远的回音，像美丽的阿丽采轻唱着曼妙的歌声。

　　我想得这么殷切，连睡梦中也闪着山影树影，青绿的湖水明如镜，在那上面飘映着英勇美丽的阿丽采的倩影。

　　感谢罗斯塔明克同志，终于在一个清早，为我们安排好了到丽采湖的行程。当我们走上汽车，我还有一点担心地问着："不怕冰雪的山路了么？"

　　"有了他，我们什么都不必担心了。"罗斯塔明克同志指着司机微笑地向我们说。这时我才注意到，汽车换了，司机也是另外一个中年人。经过了介绍，我们知道他的名字是扎哈林柯，他笑着向我们问好。在抗战初期，他几次从阿拉木图经过新疆运物资到西安。高山峻岭，沙漠荒地都挡不住他，他走过千万里艰苦危险的路程。我们向他表示着敬意，因为他在困难的时期帮助过我们；他对我们感到亲切，因为二十年前他就和中国人民建立了友谊。

　　汽车飞速地驶进了清晨的阳光里，初升的太阳把树叶照得翠生生的，清新而湿润的空气给街路洒了一层水珠，车轮无声而迅速地滑过去。几番往返过的城市，已经不是全然陌生的了，我们走过花园一样的商店，我们知道哪里是火星疗养院，哪里是造船工人的海鸥疗养院，哪里是以伏罗希洛夫命名的疗养院……我们更记得奥尔忠尼启则疗养院，我们记得那座大喷水池，在那里我们访问过从远东来的煤矿工人。当大路走尽了，转弯过桥，我们就走上一条弯曲的长长的小路。熟练的司机，一点也没有减低速度，他稳定地握着方向盘，还悠然地告诉我们这条路的名字是："丈母娘的舌头。""为什么叫这么一个名字？"我们不解地问。"就是因为它又弯又长呵！"可是走尽了小路，我们又上了宽坦的大路。走过一座铁桥，我们又踏进格鲁吉亚国境，这是我们没有想到的事，到丽采湖去，还要跨过两个不同的国境。在中途嘎格拉，我们的汽车停下来，让我们在山海之间的一座长长的公园里的小径上散步一番。我们知道这里也是休养地，可惜我们不能停留，我们必须赶路，再坐上汽车，不久我们就蜿进两山间的公路。

才进山路，太阳还是高高悬在头上，路也宽坦，水也潺潺地流着。我们还看到崖壁上不断流水的滴泉。司机高兴地告诉我们：这是"姑娘们的眼泪"，因为它总也流不完，总是那么无尽无休地淌着。可是路好像愈走愈狭，天好像也暗下来，水也不是那么欢腾地奔流，只是迟缓地沉沉地顺着石缝淌下去，大路上铺了一层霜。我抬头观望，原来两旁的山陡然地高了，阳光只闪亮在峰顶的白雪上，就是透不下来。这里的岩壁上我们又看到一柱透明的冰流，它冻住了，司机有趣地说："这就是'小伙子的眼泪。'简直是号啕大哭，眼泪是喷出来的；可是冬天他流不出来了，他的悲伤给冻住了。"

我们惊于他的形象化的譬喻，可是我们更惊于天气的变化，我们从春天的城市又走入初冬的山谷。更使我惊奇的，面前的路好像走到尽头，千仞的高山迎面而立，可是转了一个弯，山岭为我们让开路，又一直向前延伸着。这使我想起了"山重水复疑无路"，使我想起在三峡中行船走水，无端的曲折变幻。

　　路愈走愈深了，天愈走愈冷了，铺在路上的已经不是霜而是雪；树的枝干和叶子上垂着霜柱，流水没有冻，却像油似地凝着。在树下的石上，我们看到嬉戏的大熊和小熊，停下车来，才看到那是栩栩如生的雕刻。我们好像来到粉妆玉琢琼瑶的奇境，我们仿佛踏入一片灿烂透亮的琉璃世界。当我们的汽车惊动了枝头的小鸟；它们惊叫飞散，震碎了山谷的静谧。

　　司机不再说话了，汽车的速度也减低了，因为大雪已经盖满了路和路旁的斜坡。有几次，汽车是鼓足了力量，才喘着气爬上一个小山坡。偶然遇到的稀有的行人，他用惊奇的眼睛望着我们，不仅因为我们是从中国来的，也因为我们在冰雪的日子里来到夏天的游憩地。

　　但我们终于还是到了，下了汽车，在二三尺深雪径中缓缓而行。湖边的旅舍的窗和门都被雪封住了，屋顶上也盖着一层厚厚的雪，好像入冬以来，就没有人来过。我们顺着它右边的积雪的坡路走下去，就看到那凝静的湖。静静的山峰，静静的树丛，连寒冷的空气也静静地凝住了。多情的湖水，也把山啊，树啊，白白的旅舍啊，深深地印在她的心中。就是飞逝的鸟，也在湖心留下刹那的倩影。

　　我们无言地站在湖边，凝视着深邃的湖水，用不着抬起头来，湖边的景物也一一收入眼底。我仿佛看见了美丽的阿丽采在山林间自由自在地轻歌曼舞，我仿佛听见了她那银铃般的笑声，……一声汽笛惊醒了我的沉思，原来是载了伐木人的小汽船向湖山深处驶去。船头冲碎了明镜般的湖面，船尾曳出来两行无尽的清波，一直轻轻地拍着岸边，让群山不断地激荡着回音。

我们拂去长椅上的积雪，摆好带来的食物，对此湖山共进一顿冷餐。当我们把一块小小的面包丢到湖里去，就看到从湖水深处上来的游鱼，它们瞥见了人影，倏地又掉尾游入湖心了。

当我的思想随着游鱼沉向湖水深处，肩上轻轻的一拍把我惊醒了。原来时间已经过了正午，我们该及早地走上归程。我觉得来去太匆匆，可是抬头看见眼前的高峰上落下了迎面高峰庞大的阴影，我想到一上午的冰雪的路程。我们只得又走上山坡路，顺着深深的轮辙找到路旁的汽车。我贪婪地回首望着最后的一眼，——静静的山，静静的湖，静静地映着旅舍和山树的倒影。

归途的路好像短了些，车也快了些；可是早临的夜色，一路上追赶着我们，一直把我们赶到点点灯火的索奇城。

汽车停了，我们张开蒙眬的眼睛，走下车来，和扎哈林柯同志握手道谢，感谢他安全地把我们送入了人间的仙境，把我们从春天送到了冬天的美丽的湖畔，又从冬天把我们送回浮着暗香，洋溢着春天气息的美丽的城。

（选自 1957 年 12 月新文艺出版社出版的《心的歌》）

乌篷船

子荣君：

　　接到手书，知道你要到我的故乡去，叫我给你一点什么指导。老实说，我的故乡，真正觉得可怀恋的地方，并不是那里；但是因为在那里生长，住过十多年，究竟知道一点情形，所以写这一封信告诉你。

　　我所要告诉你的，并不是那里的风土人情，那是写不尽的，但是你到那里一看也就会明白的，不必啰唆地多讲。我要说的是一种很有趣的东西，这便是船。你在家乡平常总坐人力车，电车，或是汽车，但在我的故乡那里这些都没有，除了在城内或山上是用轿子以外，普通代步都是用船。船有两种，普通坐的都是"乌篷船"，白篷的大抵作航船用，坐夜航船到西陵去也有特别的风趣，但是你总不便坐，所以我也就可以不说了。乌篷船大的为"四明瓦"（Sy-menngoa），小的为脚划船（划读如uoa），亦称小船。但是最适用的还是在这中间的"三道"，亦即三明瓦。篷是半圆形的，用竹片编成，中夹竹箬，上涂黑油；在两扇"定篷"之间放着一扇遮阳，也是半圆的，木作格子，嵌着一片片的小鱼鳞，径约一寸，颇有点透明，略似玻璃而坚韧耐用，这就称为明瓦。三明瓦者，谓其中舱有两道，后舱有一道明瓦也。船尾用橹，大抵两支，船首有竹篙，用以定船。船头着眉目，状如老虎，但似在微笑，颇滑稽而不可怕，唯白篷船则无之。三道船篷之高大约可以使你直立，舱宽可以放下一顶方桌，四个人坐着打马将——这个恐怕你也已学会了罢？小船则真是一叶扁舟，你坐在船底席上，篷顶离你的头有两三寸，你的两手可以搁在左右的舷上，还把手都露出在外边。在这种船里仿佛是在水面上坐，靠近田岸去时泥土便和你的眼鼻接近，而且遇着风浪，或是坐得少不小心，就会船底朝天，发生危险，但是也颇有趣味，是水乡的一种特色。不过你总可以不必去坐，最好还是坐那三道船罢。

　　你如坐船出去，可是不能像坐电车的那样性急，立刻盼望走到。倘若出城，走三四十里路（我们那里的里程是很短，一里才及英里三分之一），来回总要预备一天。你坐在船上，应该是游山的态度，看看四周物色，随处可见的山，岸旁的乌桕，河边的红蓼和白苹，渔舍，各式各样的桥，困倦的时候睡在舱中拿出随笔来看，或者冲一碗清茶喝喝。偏门外的鉴湖一带，贺家池，壶觞左近，我都是喜欢的，或者往娄公埠骑驴去游兰亭（但我劝你还是步行，骑驴或者于你不很相宜），到得暮色苍然的时候进城上都挂着薜荔的东门来，倒是颇有趣味的事。倘若路上不平静，你往杭州去时可于下午开船，黄昏时候的景色正最好看，只可惜这一带地方的名字我都忘记了。夜间睡在舱中，听水声橹声，来往船只的招呼声，以及乡间的犬吠

鸡鸣，也都很有意思。雇一只船到乡下去看庙戏，可以了解中国旧戏的真趣味，而且在船上行动自如，要看就看，要睡就睡，要喝酒就喝酒，我觉得也可以算是理想的行乐法。只可惜讲维新以来这些演剧与迎会都已禁止，中产阶级的低能人别在"布业会馆"等处建起"海式"的戏场来，请大家买票看上海的猫儿戏。这些地方你千万不要去。——你到我那故乡，恐怕没有一个人认得，我又因为在教书不能陪你去玩，坐夜船，谈闲天，实在抱歉而且惆怅。川岛君夫妇现在俍山下，本来可以给你介绍，但是你到那里的时候他们恐怕已经离开故乡了。初寒，善自珍重，不尽。

十五年一月十八日夜，于北京

陈仓道上

邓拓

陈仓古道本崎岖，今日康庄一坦途。
千里秦川春意闹，更沿渭水广膏腴。

秦岭北来尽险峰，深峦时有虎狼踪。
只今铁道冲天至，大散关头土一壅。

这是我旅行于宝鸡（古陈仓）和大散关的时候写的两首小诗。我们祖国河山的新面貌给了我永远不能忘却的印象。看到渭水流域的秦川田野和秦岭北段美丽而雄伟的风姿，觉得这是莫大的幸福。

新建的宝成铁路从宝鸡开始。由此地向南，登上秦岭北段的第一个隘口，就是大散关。这一带地势险峻，古代的军事家都认为这里"进可以攻，退可以守"，因此成为历代作战双方必争之地。

此地又是川陕交通的孔道，从来商旅络绎不绝，依靠着肩挑背负，把货物送到山上，也送下平原。古代的人说"蜀道之难难于上青天"，其实大散关这条路正是古代的人从长

最美的散文（中国卷）

〇五四

安出发入蜀所必经的"难关"，此道之难也不亚于蜀道。只有在我们人民的时代，化天险为康庄的奇迹，才能够在人们的眼前出现。宝成铁路如今已经把这条崎岖险阻的川陕孔道变成了康庄的坦途了。我之所以能有机会到这一带旅行，也就因为有了宝成铁路，否则惟有"梦游"了。

这个地带在历史上占有重要的战略地位，凡是看过《三国演义》的人大概都会承认这一点。人们会记得，曹操打张鲁，军队由陈仓出散关，展开攻势；诸葛亮攻魏的时候，蜀兵由南而北，则是出散关，直奔陈仓，而展开攻势的。无论自北向南攻，或者自南向北攻，过去的作战计划都不能离开这一条军事要道。现在宝鸡县的益门镇东边有一座"诸葛山"，相传是诸葛亮屯兵之处。宝鸡城内也有三国时代的许多遗迹。比如现在宝鸡市人民委员会的大门楼，据说就是三国时代魏将张郃所建的"望兵楼"遗址。同样，看过《秦汉演义》的人还记得，汉高祖刘邦曾与楚霸王项羽手下的秦降将章邯在这一带作战，刘邦用了"明修栈道，暗渡陈仓"的计策，终于打败了楚兵。正因为历史上经过了无数次的战争，这里人民过去的生活很苦。所谓"秦川沃野"在旧时代实际上是徒负虚名。

宝鸡在解放以前街道狭窄，而且十分肮脏，满目是破烂的窑洞和草棚，劳动人民终年衣不蔽体，有许多姑娘没有裤子穿。住在河滩的群众喝的是苦水，在十里铺一带，过去更是一片荒凉。解放以后，宝鸡的面貌很快改观了。现在这里是一个省属的市，许多现代化的大小型工厂建设起来了，新建的发电厂的发电能力和实际的供电量就比解放以前增加了一倍多。这里又是西北铁路运输的枢纽，新修的电气设备的枢纽车站已有十二股道投入了生产。宝鸡铁路工程机械修配厂的生产量，等于全国铁路机械总产量的一半，这不能不说是很大的成绩。整个宝鸡市目前已经成为一个生产城市了，它逐渐地改变了原来的消费城市的面貌。过去荒凉的十里铺现在已经变成了工业区，从前喝苦水的穷困人家现在的生活也一天天走向幸福了。

现在你只要到宝鸡城外，看看四处的田野，你就会觉得这才是真正的"秦川沃野"了。宝鸡的农民有丰富的农业生产经验。过去他们的聪明智慧无处发挥，好年景只能维持着简单的再生产，遇到灾荒就只有使生产停顿。现在情形大不一样了。你看农民们一个个干劲十足，他们唱起了新的歌儿："学习愚公移山，拼命苦战十年；水足粪饱喂田地，要叫产量翻几番。"

在渭河岸上，到处是灌溉的沟渠，新修的水浇地都将保证丰产的最高指标。千古长流的渭水，如今也激起了新的生产高潮来了。

今年关中平原的农业生产是有很好条件的，而处于这个平原西头的宝鸡农村的景象更使人充满了信心。与我同行的人，一致地称赞这里的工作紧紧地抓住了生产的关键问题，收到了良好的效果。可惜我们旅行的日程太紧，不能在这里多看，铁路局已经为我们准备了一辆公事车，我们只好离开了宝鸡。

从宝鸡车站出发，火车跨过了渭河铁桥，向南进入益门镇的峪口，这也算是从秦岭北麓开始上山的起点。由此迤南，慢慢地登上险峻的秦岭山区。清姜河奔流在狭长的山谷间，火车沿着河的右岸怒吼前进。这里有一段十分美妙的风景。当河水曲折的地方，火车蜿蜒而进，我们就好像坐在一条青龙的背上，让它翻滚在水里嬉戏。这样前进约四十多里，山势愈来愈陡，终于来到了一个险要的隘口，这就是大散关。出于事先的约定，我们在这里休息，看看风景。

英勇的筑路工人费了千辛万苦的劳动，在这陡立的山崖上打开了一条大道，铺上了铁轨，现在看起来还觉得惊心动魄，这个工程也真不容易。如果没有这么巨大的劳动，我们要爬上这个关口，恐怕是很困难的。据说，按照老办法步行或者骑牲口，单身客人决不敢上来，因为往往会遇到猛虎和豺狼。所以人们必须成群结队才敢上山。原来的山道现在还看得见，那真可以说是羊肠小道啊！写着"大散关"三个大字的古老石碑仍然立在山顶，古代多少英雄豪杰，成功和失败就在这儿。然而，现在因为有了这么宽大的铁路，这里的地势完全改变了。现在的大散关，摆在我们的面前就好像是一堆土丘，看不出它有什么险要的地方。

我望着大散关四周的景物，脑子里想起了许多历史故事，什么蜀魏交兵呀，唐明皇由这里逃进四川呀，这些虽然不值得我们去提起了，连李太白的诗句也没有多少意思；但是，宋朝爱国诗人陆放翁的诗却不能使人忘怀。当他奔波秦蜀之间，感叹"良时恐作他年恨，大散关头又一秋"的时候，他的满腔爱国热情一直激励着广大的人民。他对于大散关的险要地势和山川峻削之气，十分赞赏，并且借以鼓舞他自己和人民群众热爱祖国的高尚情绪。他有一首诗，题目是《观大散关图有感》，其中写到："大散陈仓间，山川郁盘纡。劲气钟义士，可与共壮图。"

这是对于陈仓古道和大散关形胜的赞颂，也是对于人民爱国热情的激励。我由此更爱陆放翁，也更爱我们伟大祖国的山川。我觉得仅仅就这些思想感情上的收获来看，我这一次到陈仓道上来，也算不虚此行了。

一九五八年七月

（原载 1958 年第 7 期《旅行家》）

元　宵

今夜元宵。据说出门走百步，得大吉祥。说是天上的仙子今晚也要化身下凡，遇见穷苦而善良的人们随缘赐福。所以也不能说乱话。

我，妻，孩子，三人提着灯笼上街去。

这样三人行，在别人看来还是初次。在古旧的乡间，是泥守着男子不屑陪女人玩的风习的。

"弟，这元宵于你生疏了吧。"

"是的，多年不来这镇上了，多年。"

"今晚……"

"可喜的元宵。"

"今晚……"

"快乐的元宵。"

"不，……我说，今晚……"

"难得的元宵。"

"今晚……我为弟弟祈福。"

"啊！愿你多福！"

"愿孩子多福！"

我们无语。孩子也不再噜苏。在明洁的瞳睛中，映着许多细影：红纱灯，绿珠灯，明角灯，玻璃灯，宫灯，纸灯……脸上满浮着喜悦。

去街何只百步。

回来，妻开了大门。

"作什么？"

仅有微笑地回答。

外面，锣鼓的声音，闯进僻静的巷来。随着大群的孩子的戏笑。

出乎我不意地跳狮的进来。纸炮，鼓钹，云板……早寐的鸡群全都惊醒了，咯咯地叫起来。

拳术，刀剑，棍棒，但是孩子所待望着的是红红绿绿的狮子。

处于深山中的雄狮，漫游，觅食，遇饵，辨疑，吞食，被縶，于是奔腾，咆哮，愤怒，挣扎，终于被人屈伏，驾驭，牵去。这是我们的祖先来这山间筚路蓝缕创设基业征服自然的象征，在每一个新年来示给我们终年辛苦的农民，叫我们记起人类的伟大，叫我们奋发自强。这也更成了孩子们最得意的喜剧。

家人捧上沉重的敬仪。中间还有一番推让。他们去后，庭中剩下一片冷静。堂上的红烛辉煌地燃着，照明屋子里的每一个方角。地上满是爆竹的纸屑，空气中弥漫着硫磺的气味。

屋顶，一轮明月在窥着。

孩子不曾入睡。随着我的视线，咿哑地说："月亮婆婆啊！"

鼓钹的声音去远了，隐约。我阖上大门，向着妻说：

"谢谢你。"

"愿你多福。"

"啊！愿你多福。"

"愿孩子多福。"

我开始觉得我不是不幸福的。诚然我是天眷独厚，数年来将幸福毫不关心地弃去了。当妻回到灶边预备元宵吃的一种叫作"胡辣羹"的羹汤时，我跑进房里，我顺手翻开我模糊地记着的一首华兹渥斯的诗：

…………

O, My Beloved! I have done thee wrong,

Conscious of blessedness, but, when it sprung,

Even too heedless, as I now perceive:

Morn into noon did pass, noon into eve,

And the old day was welcome as the young,

As welcome, and as beautiful–in sooth

More beautiful, as being a thing more holy;

Thanks thy virtues, to the eternal youth

Of all thy goodness, never melancholy;

To thy large heart and humble mind, that cast

Into one vision, future, present, past.

…………

啊！爱的，我对你多多辜负，

自知天眷独厚，

但幸福来时辄又糊涂，

恰至今时省悟。
自午至暮，自晨至午，
旧日一如新时可喜，可喜，
一如新时美丽，更美丽，神圣的福祜。
多谢你的淑德，
长春的仁惠，永无忧沮；
多谢你的厚道，虚怀若谷，
尽过去现在未来，冶就一炉。

　　懊悔的眼泪涌自我的心底。我深怨自己的菲薄而怀诗人的忠厚。

十七年的回顾[1]

胡适

　　我于前清光绪三十年的二月间从徽州到上海求那当时所谓"新学"。我进梅溪学堂后不到两个月，《时报》便出版了。那时正当日俄战争初起的时候，全国的人心大震动。但是当时的几家老报纸仍旧做那长篇的古文论说，仍旧保守那遗传下来的老格式与老办法，故不能供给当时的需要。就是那比较稍新的《中外日报》也不能满足许多人的期望。《时报》应此时势而产生。他的内容与办法也确然能够打破上海报界的许多老习惯，能够开辟许多新法门，能够引起许多新兴趣。因此《时报》出世之后不久就成了中国智识阶级的一个宠儿。几年之后《时报》与学校几乎成了不可分离的伴侣了。

　　我那年只有十四岁，求知的欲望正盛，又颇有一点文学的兴趣，因此我当时对于《时报》的感情比对于别报都更好些。我在上海住了六年，几乎没有一天不看《时报》的。我记得有一次《时报》征求报上登的一部小说的全份，

----

[1] 本篇最初发表于1921年10月10日《时报》。后收入《胡适文存二集》。

似乎是《火里罪人》，我也是送去应征的许多人中的一个。我当时把《时报》上的许多小说诗话笔记长篇的专著都剪下来分粘成小册子，若有一天的报遗失了，我心里便不快乐，总想设法把他补起来。

我现在回想当时我们那些少年人何以这样爱恋《时报》呢？我想有两个大原因：

第一，《时报》的短评在当日是一种创体，做的人也聚精会神地大胆说话，故能引起许多人的注意，故能在读者脑筋里发生有力的影响。我记得《时报》产生的第一年里有几件大案子：一件是周生有案，一件是大闹会审公堂案。《时报》对于这几件事都有很明决的主张，每日不但有"冷"的短评，有时还有几个人的签名短评，同时登出。这种短评在现在已成了日报的常套了，在当时却是一种文体的革新。用简短的词句，用冷隽明利的口吻，几乎逐句分段，使读者一目了然，不消费工夫去点句分段，不消费工夫去寻思考索。当日看报人的程度还在幼稚时代，这种明快冷刻的短评正合当时的需要。我还记得当周生有案快结束的时候，我受了《时报》短评的影响，痛恨上海道袁树勋的丧失国权，曾和两个同学写了一封长信去痛骂他。这也可见《时报》当日对于一般少年人的影响之大。这确是《时报》的一大贡献。我们试看这种短评，在这十七年来，逐渐变成了中国报界的公用文体，这就可见他们的用处与他们的魔力了。

第二，《时报》在当日确能引起一般少年人的文学兴趣。中国报纸登载小说大概最早的要算徐家汇的《汇报》。那时我还没有出世呢。但《汇报》登的小说一大部分后来汇刻为《兰苕馆外史》，都是《聊斋》式的怪异小说，没有什么影响。戊戌以后，杂志里时时有译著的小说出现。专提倡小说的杂志也有了几种，例如《新小说》及《绣象小说》。（商务）日报之中只有《繁华报》（一种花报），逐日登载李伯元的小说。那些"大报"好像还不屑做这种事业。（这一点我不敢断定，我那时年纪太小了，看的报又不多，不知《时报》以前的大报有没有登小说的。）那时的几个大报大概都是很干燥枯寂的，他们至多不过能做一两篇合于古文义法的长篇论说罢了。《时报》出世以后每日登载"冷"或"笑"译著的小说，有时每日有两种冷血先生的白话小说，在当时译界中确要算很好的译笔。他有时自己也做一两篇短篇小说，如福尔摩斯来华侦探案等，也是中国人做新体短篇小说最早的一段历史。《时报》登的许多小说之中，《双泪碑》最风行。但依我看来，还应该推那些白话译本为最好。这些译本如《销金窟》之类，用很畅达的文笔，作很自由的翻译，在当时最为适用。倘《几道山恩仇记》（Count of monte eristo）全书都能像《销金窟》（此乃《恩仇记》的一部分）这样地译出，这部名著在中国一定也会成了一部"家喻户晓"的小说了。《时报》当日还有《平等阁诗话》一栏，对于现代诗人的介绍，选择很精。诗话虽不如小说之风行，也很能引起许多人的文学兴趣。我关于现代中国诗的知识差不多都是先从这部诗话里引起的。

　　我们可以说《时报》的第二个大贡献是为中国日报界开辟一种带文学兴趣的"附张"。自从《时报》出世以来，这种文学附张的需要也渐渐地成为日报界公认的了。

　　这两件都是比较最大的贡献。此外如专电及要闻，分别轻重，参用大小字，如专电的加多等等，在当日都是日报界的革新事业，在今日也都成为习惯，不觉得新鲜了。我们若回头去研究这许多习惯的由来，自不能不承认《时报》在中国日报史上的大功劳。简单说来，《时报》的贡献是在十七年前发起了几件重要的新改革。这几件新改革因为适合时代的需要，故后来的报纸也不能不尽量采用，就渐渐地变成中国日报不可少的制度了。

我是同《时报》做了六年好朋友的人，庚戌去国以后，虽然不能有从前的亲密，但也时常相见；现在看见《时报》长大成了一个十七岁的少年，我自然很欢喜。我回想我从前十四岁到十九岁的六年之中——一个人最重要最容易感化的时期——受了《时报》的许多好影响，故很高兴地把我少年时对于《时报》的关系写出来，指出他对于当时读者和对于中国报界的贡献，作为《时报》的一段小史，并且表示我感谢他祝贺他的微意。

但是我们当此庆贺的纪念，与其追念过去的成功，远不如悬想将来的进步。过去的成绩只应该鼓励现在的人努力造一个更大更好的将来，这是"时"字的教训。倘若过去的光荣只使后来的人增加自满的心，不再求进步，那就像一个辛苦积钱的人成了家私之后天天捧着元宝玩弄，岂不成了一个守钱虏了吗？

我们都知道时代是常常变迁的，往往前一时代的需要，到了后一时代便不适用了。《时报》当日应时势的需要，为日报界开了许多法门，但当日所谓"新"的，现在已成旧习惯了，当日所谓"时"的，现在早已过时了。《时报》在当日是报界的先锋，但十七年来旧报都改新了，新报也出了不少了，当日的先锋在今日竟同着大队按步徐行了。大队今日之赶上先锋，自然未必不是先锋的功劳，但做先锋的人还应该努力向前争这个"先锋"的位置。我今年在上海时曾和《时报》的一位先生谈话，他说，"日报不当做先锋，因为日报是要给大多数人看的。"这位先生也是当日做先锋的人，这句话未免使我大失望。我以为日报因为是给大多数人看的，故最应该做先锋，故最适宜于做先锋。何以最适宜呢？因为日报能普及许多人，又可用"旦旦而伐之"的死工夫，故日报的势力最难抵抗，最易发生效果。何以最应该呢？因为日报既是这样有力的一种社会工具，若不肯做先锋，若自甘随着大队同行，岂不是放弃了一种大责任？岂不是错过了一个好机会？岂不是辜负了一种大委托吗？

即如《时报》早年的历史，便是一个明显的例。《时报》在当日为什么不跟着大家做长篇的古文论说呢？为什么要改作短评呢？为什么要加添文学的附录呢？《时报》倡出这种种制度之后，十几年之中，全国的日报都跟着变了，全国的看报人也不知不觉地变了。那几十万的读者，十几年来，从没有一个人出来反对某报某报体例的变更的。这就可见那大多数看报的人虽然不免有点天然的惰性，究竟抵不住"旦旦而伐之"的提倡力。假使《申报》今天忽然大变政策，大谈社会主义，难道那看《申报》的人明天就会不看《申报》了吗？又假使《新闻报》明天忽然大变政策，一律改用白话，难道那看《新闻报》的人后天就会不看《新闻报》了吗？我可以说："决不会的。"看报人的守旧性乃是主笔先生的疑心暗鬼。主笔先生自己丧失了"先锋"的锐气，故觉得社会上多数人都不愿他努力向前。譬如戴绿眼镜的人看着一切东西都变绿了，如果他要知道荷花是红的，金子是黄的，他须得把这副绿眼镜除下来试试看。今天是《时报》新屋落成的纪念，也是他除旧布新的一个转机，我这个同《时报》一块长大的小时朋友，对他的祝词，只是："《时报》是做过先锋的，是一个立过大功的先锋，我希望他不必抛弃了先锋的地位，我希望他发愤向前努力替社会开先路，正如他在十七年前替中国报界开了许多先路！"

十，十，三　北京

一个新发现的神话世界

——桂林芦笛岩参观记

邓拓

举世无双芦笛岩，
彩云宫阙久沉埋。
元和题壁名犹在，
嘉定留诗句亦佳。
梦入太虚游幻境，
神驰仙苑拥裙钗。
天开洞府工奇巧，
炼石何须问女娲！

这一首小诗，是一个月以前参观桂林芦笛岩的时候即景之作。这个岩洞的美妙景色，令人恍如置身于神话世界。可惜当时行色匆匆，诗不尽意，心中颇觉遗憾。现在补写这篇短文，如能使读者对于这个新发现的雄奇壮丽的岩洞，引起兴趣，那就是我的最大希望了。

到过桂林的人，都知道那里有个七星岩，是我国喀斯特地形分布区域中，最突出的巨大石灰岩溶洞；它的迷人景色，中外闻名。然而，谁也没有预料到，桂林还有一个比七星岩更加巨大、更加美丽的洞府——芦笛岩。这个岩洞的发现，是多么令人高兴的事情啊！

我们走出桂林城北，向西不远，就到了阳江岸畔。这里有一座外表并不奇特的山峰，在半山腰的地方有一洞口，两旁生长着一些芦草。当地群众常喜欢用这些芦草做笛子，吹起山歌小曲。因此，他们就把这个岩洞叫做芦笛岩。在位置上，它正好同著名的七星岩东西遥遥相对。

乍看这个洞口又矮又小，似乎是很平常的岩穴，但是，一走进洞里，印象马上大变。满目琳琅的红、绿、黄、白各种颜色的钟乳石，构成了这个神话世界的万般奇景。整个岩洞分为两大部分，也可以叫做前洞和后洞。前洞是一组又深又大的由马蹄形通道联成的洞穴；后洞则是一个宽广深邃的大岩。在前后洞衔接的地方，有一个水潭，把岩洞分成两个部分，中间乱石堵塞，还要经过一番修理，才能顺利通行。

芦笛岩的钟乳石，分外鲜艳玲珑，光辉耀眼，处处表现出五彩缤纷，如花似锦。红的如珊瑚，绿的如翡翠，黄的如琥珀，白的如玉石。整个洞府好像全都是用宝石、珠翠、珊瑚、象牙、绸缎和脂粉堆积起来的，简直和神话传说中的阆苑仙宫一样。

走进岩口不远，面前耸立着一座巍峨的台阁。周围奇峰突出，衬以浅红色和橙黄色的岩壁，像晚霞和夕照掩映在乱山疏林之间。正面出现一组乳白色的石雕，好比汉白玉砌成的宝座。上边有一位端庄美丽的瑶池仙女，身穿绫罗的衣裳，长裙曳 [yè] 地，吴带当风。她的眼睛闪射幻想的光辉，含情脉脉，如有所待。在她的背后，挂着锦绣的帐幔，前头悬着两盏宫灯。站在这个宝石花的景色和人物面前，真要使游客如醉如痴了。

沿着马蹄形的通道前进，有时要钻过又低又窄的石门，有时要经历一段羊肠小道，有时左右削壁形成了钟乳石的山峡，有时上下相连竖立着擎天的石柱，有时平地突起一丛一丛的石笋，有时路边石室挂着一层一层的珠帘，有时万笏 [hù] 垂空，有时九龙戏水，有的地方群仙聚会，有的地方猿猴戏耍，还有石狮子、石犀牛、石马、石龟、石鼓、石琴，以及花果山、水帘洞等等，无不惟妙惟肖。

在前洞接近水潭的地方，有一个广场。这个广场的四周，有许多顶天立地的石柱，一节一节大小粗细不等，很像镂空的象牙雕刻。也有半截的石柱，上端似乎放着花盆，花枝招展。这个广场，大约可以容纳两三千人，正面像是一座大宫殿，又像是一个大舞台，广场就等于是大戏院的池座。在广场中间地面上，几十道石埂纵横交错，像是一个大沙盘，又像一幅天然图画，如果把它叫做"陇亩图"大概是可以的，因为它很像城郊稻田的缩影。

广场旁边石壁和通道两侧，有几处字迹比较明显的古代题字。在我们去参观的时候，发现的题字中，值得特别重视的有唐代元和年间、南宋嘉定年间等几则。听说后来又发现了"贞元八年十月"的题字。这是公元 792 年，即唐德宗时候的墨迹，应该算是这个岩洞中最古的题字了。可惜它只剩下这六个字，全句已经看不清楚了。

这些题字多半都属于纪游的性质。其中最可注意的是下面的一则题字。它写道：

> 无□
> 僧怀信
> □□
> 惟□
> 元春
> 惟亮
> 元和十二年
> 九月三日同
> 游记

　　这中间的僧怀信，是唐代著名的高僧。据《高僧传》载："怀信者，居处广陵。……会昌三年，癸亥岁，武宗为赵归真排毁释门，将欲湮灭教法，有淮南词客刘隐之，薄游海上，……信凭栏与隐之交谈。……隐之归扬州，即往谒信，信曰：记得海上相见时否？"这个和尚在南方各处云游，时间都在公元九世纪初年。而元和十二年即是公元817年，与公元843年之会昌三年，相隔二十六年，恰恰都在僧怀信云游的期间。可以想见，他当年云游桂林，曾与同伴到过芦笛岩，留下这一则题字，历时一千一百四十五年，至今墨迹虽已剥落了许多，大体却还完好，实在难得。

　　还有一则纪游的题字写道：

> 元和十五年
> 僧昼

道臻

□□□□

　　其中僧昼大约也是唐代著名的高僧。据《高僧传》载：
"僧昼，姓谢氏。……幼负异才，性与道合。……登戒于
灵隐戒坛。……后博访名山，法席罕不登听。……贞元初，
居于东溪草堂。……五年五月，会前御史中丞李洪，自河
北负谴，再移为湖守。初相见，未交言，恍若神合。……"
我手头材料还不能确切查明书上的记载和洞里的题字是否
同一个人。

　　在宋代的题字中，有一首七言绝句，颇堪注目。它的
原句是：

□□□□□□□
今日吾侪得快观
姓字□□□□□
好同大众共参鸾
　　嘉定九年
　　丙子冬后五日
　　　□应时笔

　　这首诗虽然不算好，从残留的句子看来，作者也还有
相当的文化水平。末尾署名"应时"，上头一个字看不清，
不知道他姓什么。如能查明这个作者，我想也很有意义。
除此以外，洞内各处石壁上，唐宋两代的题字还有许多，
应该设法一一查对明白，并加以保护，不要损坏才好。

照这些纪游的题字看来，芦笛岩早在公元八世纪末和九世纪初，已经吸引了许多游客。这一段历史过去虽然没有在古籍中记载下来，但是，它却因此更显得可贵了。

　　至于元、明、清以后的题壁文字，除了纪游性质的以外，还出现了许多纪事性质的题字，而且集中于后洞大岩里边。例如，下面一则题字写道：

　　　景泰七年义宁
　　　西盐二处返（反）乱
　　　被鲁（掳）奻女无
　　　数

　　　又一则是

　　　景泰七年丙子岁
　　　人民有难

　　这两则反映了公元十五世纪中叶，即明朝代宗朱祁钰、方瑛等大汉族主义者与少数民族的武装冲突。从题句中错别字和文法不通看来，这些显然是当时避乱的难民所写的。

　　特别应该提到的是明末清初的一则纪事。它写道：

　　　因为三辰年十一月二十八日
　　　广西桂林城
　　　各官兵马走纷纷空了省城个多月各有四乡人民抢尽省城又有

□线都爷带达兵入城

又到癸巳年二月初十日达兵入村各处四乡八洞搜捉老少妇女牵了许多牛只总要银子回赎又征灵田四都东乡人民杀死无数百姓人民慌怕逃躲性命入岩逐日不得安生

于家庄
众人採截革命
有众人梁敬宇等题
于思山

所谓壬辰年就是南明永历六年，公元 1652 年；癸巳年即永历七年，公元 1653 年。当时正值李定国收复桂林，不久又为清兵攻占的时期。上述题壁的文字恰恰反映了这个历史情况。

可以断定，元代和明末以后，很长的时期内，这个岩洞完全变成了当地人民避难之所，平时洞口用乱石堵塞，外来游客根本无由问津，一直埋没几百年，如今才重见光明。

正是由于这个缘故，所以在从前许多著名的游记中，我们始终没有找到有关这个岩洞的记载。有人问：明末著名旅行家徐霞客，是否到过这个岩洞呢？据我的判断，徐霞客根本不知道这个岩洞的存在。徐霞客是在公元 1637 年，即明代崇祯十年闰四月八日离湖南境，二十八日到达桂林。他游遍了桂林城东和东北、东南的各个岩洞和其它名胜古迹，考察了漓江主流的形势；于五月十九日乘舟游阳朔，五月二十八日返抵桂林；六月二日至九日，再游七星岩、栖霞洞、独秀岩等处；十日取陆路向桂林西南行，至苏桥登舟，向柳州而去。徐霞客在他的游记中，很确切地描写了七星岩地区的石灰岩地貌特征。但是，他却没有提到桂林西北郊有什么名胜，这就证明，他并不注意桂林西北面阳江岸畔的这一块地区。

现在我们按照芦笛岩的地貌看来，桂林西北郊的石灰岩溶解作用，比之东边的七星岩地区，恐怕是决无逊色的。芦笛岩的钟乳石，下端往往露出白色的"鹅管"。它们很像从地皮内层长出来的毛细管，不时地流出水珠。这显然是石灰岩被地下水溶解以后，沿着毛细管排出的碳酸钙等溶液。这个岩洞里钟乳石的颜色比七星岩的更为复杂多样，可见这里地下水中所含的矿物质一定也是多种多样。这个洞内景色特别艳丽夺目、玲珑透剔、丰富集中，也证明这个地区的石灰岩溶解过程，似乎是在比较剧烈的情况下进行的。

我们由进洞的时候起，到出洞的时候止，匆匆两三个小时内，边走，边看，边谈，简直觉得眼前的一切，尽是光怪陆离，目不暇接；脑子里联想到千年古史和天上地下的传说与科学珍闻，随时发出各种议论。直到出洞下山以后，大家还是赞不绝口。我自己好像真的做了一场美梦，永远不能忘记这神话世界的迷人景色。

一九六二年三月
（原载 1962 年 3 月 11 日《人民日报》）

荷塘月色

朱自清

这几天心里颇不宁静。今晚在院子里坐着乘凉，忽然想起日日走过的荷塘，在这满月的光里，总该另有一番样子吧。月亮渐渐地升高了，墙外马路上孩子们的欢笑，已经听不见了；妻在屋里拍着闰儿，迷迷糊糊地哼着眠歌。我悄悄地披了大衫，带上门出去。

沿着荷塘，是一条曲折的小煤屑路。这是一条幽僻的路；白天也少人走，夜晚更加寂寞。荷塘四面，长着许多树，蓊蓊郁郁的。路的一旁，是些杨柳，和一些不知道名字的树。没有月光的晚上，这路上阴森森的，有些怕人。今晚却很好，虽然月光也还是淡淡的。

路上只我一个人，背着手踱着。这一片天地好像是我的；我也像超出了平常的自己，到了另一世界里。我爱热闹，也爱冷静；爱群居，也爱独处。像今晚上，一个人在这苍茫的月下，什么都可以想，什么都可以不想，便觉是个自由的人。白天里一定要做的事，一定要说的话，现在都可不理。这是独处的妙处，我且受用这无边的荷香月色好了。

曲曲折折的荷塘上面，弥望的是田田的叶子。叶子出水很高，像亭亭的舞女的裙。层层的叶子中间，零星地点缀着些白花，有袅娜地开着的，有羞涩地打着朵儿的；正如一粒粒的明珠，又如碧天里的星星，又如刚出浴的美人。微风过处，送来缕缕清香，仿佛远处高楼上渺茫的歌声似的。这时候叶子与花也有一丝的颤动，像闪电般，霎时传过荷塘的那边去了。叶子本是肩并肩密密地挨着，这便宛然有了一道凝碧的波痕。叶子底下是脉脉的流水，遮住了，不能见一些颜色；而叶子却更见风致了。

月光如流水一般，静静地泻在这一片叶子和花上。薄薄的青雾浮起在荷塘里。叶子和花仿佛在牛乳中洗过一样；又像笼着轻纱的梦。虽然是满月，天上却有一层淡淡的云，所以不能朗照；但我以为这恰是到了好处——酣眠固不可少，小睡也别有风味的。月光是隔了树照过来的，高处丛生的灌木，落下参差的斑驳的黑影，峭楞楞如鬼一般；弯弯的杨柳的稀疏的倩影，却又像是画在荷叶上。塘中的月色并不均匀；但光与影有着和谐的旋律，如梵婀玲上奏着的名曲。

荷塘的四面，远远近近，高高低低都是树，而杨柳最多。这些树将一片荷塘重重围住；只在小路一旁，漏着几段空隙，像是特为月光留下的。树色一例是阴阴的，乍看像一团烟雾；但杨柳的丰姿，便在烟雾里也辨得出。树梢上隐隐约约的是一带远山，只有些大意罢了。树缝里也漏着一两点路灯光，没精打采的，是渴睡人的眼。这时候最热闹的，要数树上的蝉声与水里的蛙声；但热闹是它们的，我什么也没有。

忽然想起采莲的事情来了。采莲是江南的旧俗，似乎很早就有，而六朝时为盛；从诗歌里可以约略知道。采莲的是少年的女子，她们是荡着小船，唱着艳歌去的。采莲人不用说很多，还有看采莲的人。那是一个热闹的季节，也是一个风流的季节。梁元帝《采莲赋》里说得好：

于是妖童媛女，荡舟心许；鹢首徐回，兼传羽杯；櫂将移而藻挂，船欲动而萍开。尔其纤腰束素，迁延顾步；夏始春余，叶嫩花初，恐沾裳而浅笑，畏倾船而敛裾。

可见当时嬉游的光景了。这真是有趣的事，可惜我们现在早已无福消受了。

于是又记起《西洲曲》里的句子：

采莲南塘秋，莲花过人头；低头弄莲子，莲子清如水。

今晚若有采莲人，这儿的莲花也算得"过人头"了；只不见一些流水的影子，是不行的。这令我到底惦着江南了。——这样想着，猛一抬头，不觉已是自己的门前；轻轻地推门进去，什么声息也没有，妻已睡熟好久了。

一九二七年七月，北京清华园

伴　侣

丽尼

雾是沉重的，江面如同挂起了一层纯白的罩纱，夜航的小船挂着红灯，在白色的雾里时隐时现，好像是失眠的人勉强地睁开的眼睛。江岸非常冷寂，因为这是离开烦嚣的埠头已经有好几步路程的地方了。

我们沉默地坐着，没有言语。间或，有一两个微波从浑黄的江心涌了过来，击打在石岸上，发出沙沙的响声，这时，我们就微微地转一转身，把默坐着的身体略略舒展一回。

"逸，我们该回去了吧？"望一望那屈着的背，和低垂的头，我像这样问了。

"还早吧？这里坐着比回去的强。"苍老的嗓音这样说着，也并不抬起头来，只是把那垂着的头更垂到胸前去。

我点点头，也并不再有所问讯。为什么是该回去的呢？回去，是回到什么地方？我想起来，那是一所蒸闷的小房，在楼下，小印刷机不断地轧轧着，终夜印着不知会有谁看的报纸，而楼上，则有人吸着鸦片，把如蜡般黄的脸子对着烟灯，闭着肿起的眼皮，似乎已经死掉。是可厌憎的地方呢。然而，我们是生活在那里的。

"逸，你憎恶那地方么？"我轻声问着，想引起他的谈话，然而，他却只是缓慢地回过头来，似乎是那样疲倦地，微微地笑道：

"我？我已经在那里住过两年了。"

接着，他用手摸一摸我的头，那虽然是枯瘦的手，但却有着父亲般的慈爱：

"我怕你过不惯，你是年轻的人。"

他叹一口气，摇摇头，于是，仍然沉默了。

"你是后悔叫我到这里来么？"我红着脸问。

"不，我不后悔。你也得看看什么叫作生活。"他把头抬了起来，目光注视着我，是那样闪闪的目光，出现在那憔悴的，刻着深的皱纹的脸上，使我不安，而且感觉着局促，"生活就是这样。到处，都是卑劣，浑浊。"

我忽然感觉寂寞了。生活是一个陷阱，它张着口，等待人跌落进去。那里是黑暗，窒息，没有希望，没有光明，而且，也没有伴侣。我想起那抽鸦片的人，当他把鸦片抽足，他会提起笔来，用如枯柴般的手，露出黄牙来，在纸上写出哲理，教导人如何去生活去。那是悲惨的，那是一个悲惨的故事。

社会新闻，社会新闻，永远是社会新闻。穿着鲜艳色彩的衣服的那女人，有时也会来到那污秽的小楼上，斜着身体躺在社会新闻版的编辑的身旁，接过烟枪去，发出色情的笑，奋兴地同时又是倦息地抽着烟，喷出满房烟雾来，有时，她撒娇似的说道：

"你这小气鬼，你瞧，这么热天我还穿夹衫呀！"

于是，那闭目冥想的编辑先生就忽然把眼睛一睁，伸过一只战栗的手来，把那女人的大腿重重地拧一把，用伤风似的鼻音模糊地回答道：

"骚货，又要打我的主意啦！哼哼，没啦……"

一切都是恐怖，令人战栗的恐怖。然而，这是能逃的么？我想起那患着沉重肺病的校对，他苦恼地呛咳着，伏在案上，高声念着所校对的一切新闻稿件，有时不信任似的皱一皱眉，有时却极高兴地大声发笑，笑声还不曾断，接着就又呛咳起来了。等到午夜已过，当一切的稿件都已校对完毕之后，他就在房间的一个角落里摊开他的被褥，并且点起烟灯来，开始他的安息了。他吸得很少，很节省，并且还替编辑先生煮着烟，有时就到编辑先生的铺上去稍稍吸一两口，虽然只是一两口，却感觉着极端的满足。十几年，也许有二十年，那校对就是像这样过去了。当黎明到来的时候，他就躺在房角里，他自己吐出的浓绿的痰边，发出不断的呓语来。

"悲惨的。"我自语着，身体微微地战栗。

"这还不是最悲惨的。"逸回答着，温和地，然而阴郁地笑了，他似乎想哭，但是，他有着一个中年人的矜持，"你还年轻，你还要看见更多的悲惨。但是，有一天，你会冲破这悲惨的网，好像一头冲破了牢笼的鸟儿似的，飞到天上去的。"

"飞到什么地方去？"

"飞到天上去，远远的，明朗的天上去。"

一只巨大的轮船在江面缓缓地向着下游驶去，从朦胧的雾层里，透出无数的灯光，好像是一个大的建筑在那江面浮动。我有着一个渺茫的希望，我希望有一天我能坐在那只大的船上，在雾里，向着远远的地方驶去，向着一个快乐的，有光明的地方驶去——那里有太阳，有月亮，有如同珍珠一般的繁星。

"是的，逸，我不会在这里住得很久的。真的，这地方我住不惯。"我说着，看看逸的脸面，那脸面是说着难耐的寂寞和凄凉的。我又说道："你也不能在这里继续着住下去，你已经给折磨得够了。"

"我？"逸怔了一怔，抬起头来。眼睛里又发出了那闪闪的注视，"不，我是能住的。我什么地方全能住下去。——"

他感觉疲倦了，似乎是因为过甚的疲倦，使他不能继续说话。他把眼睛转向江流，一直注视着，直到最后，一滴浑黄的眼泪从他的眼睛里流了出来，缓慢地流下了他的憔悴的面颊。被折磨了的过去，受罪的现在，难以想望的未来和将临到的老年，孤独，衰弱，和疲倦，全使他感觉着有一点过于重累。那是一个压力，压得过于沉重的。

我们沿着江岸，背着浓雾，慢慢地走着，穿越过熟识的市外的田野，又回到市内，在每一条马路上迟缓地移动着脚步，好像难得觅到栖枝的夜鸟似的。

"逸，我在这里是不是多余的呢？"我想到我在那小楼上，每天忍受着鸦片的臭味，但是不能找到一点工作，就这样问了。

"每个人在这里都是多余的。在这里，一切都是多余的。"逸回答着，把脚步移动得迅速起来，好像要逃避我的更多的诘问。他把头更低了下来，背部显得更为伛屈，而脚步，也移动得更快起来。

当我们回到小楼上面的时候，那可怜的校对已经躺在他的角落里，抱着他的烟枪，沉沉地安睡了。

一个月以后，逸把我的行李安置了在那驶向下游的船上一个统舱铺位里以后，我们就一同来到船边，扶着栏杆，望着在黄昏里垂向远远地平线外的夕阳。江水激厉地击打着船边的木板，溅起浑浊的水沫。黑暗快将惠临江面了，只须一刻以后，船就会离开埠头，在黑暗里向着下游摸索去。

"去吧，去试一试，去看一看，去学一学。生活，是艰难而且复杂的功课。"逸说着，声音慢慢地变得战栗而且凄哽起来了。他从身边掏出一个小包，捏住我的手，继续说道，"这是二十块钱，是我两年的积蓄。我没有伴侣，没有亲人……我老了……"

我接过那小包来，止不住地抽泣起来了。

一九三六年，七月

苦鸦子

  乌鸦是那末黑丑的鸟，一到傍晚，便成群结阵地飞于空中，或三两只栖于树下，苦呀，苦呀地叫着，更使人起了一种厌恶的情绪。虽然中国许多抒情诗的文句，每每地把鸦美化了，如"寒鸦数点""暮鸦栖未定"之类，读来未尝不觉其美，等到一听见其声，思想的美感却完全消失了，心上所有的只是厌恶。

  在山中也与在城市中一样，免不了鸦的干扰。太阳的淡金色光线，弱了，柔和了，暮霭渐渐地朦胧得如轻纱似的幔罩于岗峦之腰，田野之上，西方是血红的一个大圆盘悬在地平上，四边是金彩斑斓的云霞，点染在半天；工作之后，躺在藤榻上，有意无意地领略着这晚霞天气的图画。经过了这样静谧的生活的，准保他一辈子不会忘了，至少是要在城市的狭室中不时想起的。不幸这恬静可爱的山中的黄昏，却往往为苦呀！苦呀的鸦声所乱。

  有一天，晚餐吃得特别的早；几个老婆子趁着太阳光未下山，把厨房中盆碗等物都收拾好了，便也上楼靠在红栏杆上闲谈。

"苦呀！苦呀！"几只乌鸦栖在对面一株大树上，正朝着我们此唱彼和地歌叫着。

"苦鸦子！我们乡下人总说她是嫂嫂变的。"汤妈说。

江妈接着道："我们那里也有这话。婆婆很凶，姑娘又会挑嘴，弄得嫂嫂常常受婆婆的气，还常常地打她，男人又一年间没有几时在家。有一次，她把米饭从后门给了些叫化的；她姑娘看见了，马上去告诉她的娘。还挑拨地说：'嫂嫂常常把饭给人家。'于是婆婆生了大气，用后门的门闩，没头没脑地打了她一顿。她浑身是伤，气不过，就去投河。却为邻居看见了救起，把她湿淋淋地送回家。她婆婆姑娘还骂她假死吓诈人。当夜，她又用衣带把自己吊死在床前了。过了几个月，她男人回家，他的娘却淡淡地说，她得病死了。但她的灵魂却变了乌鸦，天天在屋前树上苦呀！苦呀地叫着。"

"做人家媳妇实在不容易。"江妈接着说，"像我们那里媳妇吃苦的真不少！"

汤妈说，"可不是！前半年在少爷家里用的叶妈还不是苦到无处说！一天到晚打水，烧饭，劈柴，种田，摘豆子，她婆婆还常常地叽哩咕噜骂她。碰到丈夫好些的，也还好，有地方说说。她的丈夫却又是牛脾气，好赌。输了，总拿她来出气，打得呀，浑身是伤！有一次，她给我看，一身的青肿，半个月一个月还不会退。好容易来帮人家，虽然劳碌些，比在家里总算是好得多了。一月三块半工钱，一个也不能少，都要寄回家。她丈夫还时时来找她要钱！她说起来常哭！上一次，她不是辞了回家么？那是她丈夫为了赌钱的事，被人家打伤了，一定要她回去服侍。这一

向都没有信来，问她乡里人也不知道。这一半年总不见得
会出来了。"

江妈道："汤奶奶你是好福气！说是童养媳，婆婆待
你比自己的女儿还好。男人又肯干，家里积的钱不少了，去
年不是又买了几亩田么？你真可以回去享福了，汤奶奶！"

"那里的话！我们那里说得上享福两个字！我们的婆
婆待我可真不差，比自己的姆妈还好！"

这时，一声不响的刘妈插嘴道："汤奶奶待她婆婆也
真是好；自己的娘病，还不大挂心，听说她婆婆有什么难过，
就一定要回去看看的了！上次她婆婆还托人带了大棉袄给
她，真是疼她！"

汤妈指着刘妈向江妈道："她真可怜！人是真好，只
可惜有些太老实，常给人欺负。她出来帮人家也是没法的。
她家里不是少吃的，穿的，只是她婆婆太厉害了，不是打，
就是骂；没有一天有好日子过。自从她男人死了，婆婆更
恨她入骨，说她是克夫。她到外边来，赛如在天堂上！"

刘妈一声不响地听着她在谈自己的身世。栏杆外面乌
鸦还是一声苦呀！苦呀在叫着，夜色已经成了深灰色了。

"刘妈，天黑了，怎么还不点灯？天天做的事都会忘
了么！"她主妇的声音，严厉地由后房传出。

"噢，来了！"刘妈连忙地答应，慌慌张张地到后面
去了。

"真作孽，像她这样的人，到处要给人欺负。"江妈说，
"还好她是个呆子，看她一天到晚总是嘻嘻的笑脸。"

"不，"汤妈说，"别看她呆头呆脑的；她和我谈起来，
时时地落泪呢。有一次，给她主妇大骂了一顿以后，她便

跑到自己房里痛哭。到了夜里，我睡时，还听见她在呜咽地抽泣！"

　　想不到刘妈是这样的一个人，自到山中来后，我们每以她为乐天的痴呆人，往往地拿她来取笑，她也从没有发怒过，谁晓得她原是这样的一个"苦鸦子"！

　　这时，黑夜已经笼罩了一切。江妈说："我也要去点灯了。"

　　"苦呀，苦呀！"的乌鸦已经静止，大约它们是栖定在巢中了。

11 月 12 日夜追记

原载 1927 年开明书店版《山中杂记》

宴之趣

郑振铎

虽然是冬天，天气却并不怎么冷，雨点淅淅沥沥地滴个不已，灰色云是弥漫着；火炉的火是熄下了，在这样的秋天似的天气中，生了火炉未免是过于燠暖了。家里一个人也没有，他们都出外"应酬"去了。独自在这样的房里坐着，读书的兴趣也引不起，偶然地把早晨的日报翻着，翻着，看看它的广告，忽然想起去看《Merry Widow》[①]吧。于是独自地上了电车，到派克路跳下了。

在黑漆的影戏院中，乐队悠扬地奏着乐，白幕上的黑影，坐着，立着，追着，哭着，笑着，愁着，怒着，恋着，失望着，决斗着，那还不是那一套，他们写了又写，演了又演的那一套故事。

但至少，我是把一句话记住在心上了：

"有多少次，我是饿着肚子从晚餐席上跑开了。"

这是一句隽妙无比的名句；借来形容我们宴会无虚日的交际社会，真是很确切的。

每一个商人，每一个官僚，每一个略略交际广了些的

---

① 美国影片名，中译名《风流寡妇》。

人，差不多他们的每一个黄昏，都是消磨在酒楼菜馆之中的。有的时候，一个黄昏要赶着去赴三四处的宴会。这些忙碌的交际者真是妓女一样，在这里坐一坐，就走开了，又赶到另一个地方去了，在那一个地方又只略坐一坐，又赶到再一个地方去了。他们的肚子定是不会饱的，我想。有几个这样的交际者，当酒阑灯灺，应酬完毕之后，定是回到家中，叫底下人烧了稀饭来堆补空肠的。

我们在广漠繁华的上海，简直是一个村气十足的"乡下人"；我们住的是乡下，到"上海"去一趟是不容易的，我们过的是乡间的生活，一月中难得有几个黄昏是在"应酬"场中度过的。有许多人也许要说我们是"孤介"，那是很清高的一个名辞。但我们实在不是如此，我们不过是不惯征逐于酒肉之场，始终保持着不大见世面的"乡下人"的色彩而已。

偶然地有几次，承一二个朋友的好意，邀请我们去赴宴。在座的至多只有三四个熟人，那一半生客，还要主人介绍或自己去请教尊姓大名，或交换名片，把应有的初见面的应酬的话讷讷地说完了之后，便默默地相对无言了。说的话都不是有着落，都不是从心里发出的；泛泛的，是几个音声，由喉咙头溜到口外的而已。过后自己想起那样的敷衍的对话，未免要为之失笑。如此的，说是一个黄昏在繁灯絮语之宴席上度过了，然而那是如何没有生趣的一个黄昏呀！

有几次，席上的生客太多了，除了主人之外，没有一个是认识的；请教了姓名之后，也随即忘记了。除了和主人说几句话之外，简直的无从和他们谈起。不晓得他们是什么行业，不晓得他们是什么性质的人，有话在口头也不敢随意地高谈起来。那一席宴，真是如坐针毡；精美的羹菜，一碗碗地捧上来，也不知是什么味儿。终于忍不住了，只好向主人撒一个谎，说身体不大好过，或说是还有应酬，一定要去的。——如果在谣言很多的这几天当然是更好托辞了，说我怕戒严提早，要被留在华界之外——虽然这是无礼貌的，不大应该的，虽然主人是照例地殷勤地留着，然而我却不顾一切地不得不走了。这个黄昏实在是太难挨得过去了！回到家里以后，买了一碗稀饭，即使只有一小盏萝卜干下稀饭，反而觉得舒畅，有意味。

如果有什么友人做喜事，或寿事，在某某花园，某某旅社的大厅里，大张旗鼓地宴客，不幸我们是被邀请了，更不幸我们是太熟的友人，不能不到，也不能道完了喜或拜完了寿，立刻就托辞溜走的，于是这又是一个可怕的黄昏。常常地张大了两眼，在寻找熟人，好容易找到了，一定要紧紧地和他们挤在一起，不敢失散。到了坐席时，便至少有两三人在一块儿可以谈谈了，不至于一个人独自地局促在一群生面孔的人当中，惶恐而且空虚。当我们两三个人在津津地谈着自己的事时，偶然抬起眼来看着对面的一个坐客，他是凄然无侣地坐着；大家酒杯举了，他也举着；菜来了，一个人说："请，请，"同时把牙箸伸到盘边，他也说，"请，请，"也同样地把牙箸伸出。除了吃菜之外，他没有目的，菜完了，他便局促地独坐着。我们见了他，总要代他难过，然而他终于能够终了席方才起身离座。

宴会之趣味如果仅是这样的，那末，我们将咒诅那第一个发明请客的人；喝酒的趣味如果仅是这样的，那末，我们也将打倒杜康与狄奥尼修士了。

然而又有的宴会却幸而并不是这样的；我们也还有别的可以引起喝酒的趣味的环境。

独酌，据说，那是很有意思的。我少时，常见祖父一个人执了一把锡的酒壶，把黄色的酒倒在白瓷小杯里，举了杯独酌着；喝了一小口，真正一小口，便放下了，又拿起筷子来夹菜。因此，他食得很慢，大家的饭碗和筷子都已放下了，且已离座了，而他却还在举着酒杯，不匆不忙地喝着。他的吃饭，尚在再一个半点钟之后呢。而他喝着酒，颜微酡着，常常叫道："孩子，来！"而我们便到了他的跟前。他夹了一块只有他独享着的菜蔬放在我们口中，问道："好吃么？"我们往往以点点头答之，在孙男与孙女中，他特别地喜欢我，叫我前去的时候尤多。常常地，他把有了短髭的嘴吻着我的面颊，微微有些刺痛，而他的酒气从他的口鼻中直喷出来。这是使我很难受的。

这样地，他消磨过了一个中午和一个黄昏。天天都是如此。我没有享受过这样的乐趣。然而回想起来，似乎他那时是非常的高兴，他是陶醉着，为快乐的雾所围着，似乎他的沉重的忧郁都从心上移开了，这里便是他的全个世界，而全个世界也便是他的。

别一个宴之趣，是我们近几年所常常领略到的，那就是集合了好几个无所不谈的朋友，全座没有一个生面孔，在随意地喝着酒，吃着菜，上天下地地谈着。有时说着很轻妙的话，说着很可发笑的话，有时是如火如剑的激动的话，有时是深切的论学谈艺的话，有时是随意地取笑着，有时是面红耳热地争辩着，有时是高妙的理想在我们的谈锋上触着，有时是恋爱的遇合与家庭的与个人的身世使我们谈个不休。每个人都把他的心胸赤裸裸地袒开了，每个人都把他的向来不肯给人看的面孔显露出来了；每个人都谈着，谈着，谈着，只有更兴奋地谈着，毫不觉得"疲倦"是怎么一个样子。酒是喝得干了，菜是已经没有了，而他们却还是谈着，谈着，谈着。那个地方，即使是很喧闹的，很湫狭的，向来所不愿意多坐的，而这时大家却都忘记了这些事，只是谈着，谈着，谈着，没有一个人愿意先说起告别的话。要不是为了戒严或家庭的命令，竟不会有人想走开的。虽然这些闲谈都是琐屑之至的，都是无意味的，而我们却已在其间得到宴之趣了；——其实在这些闲谈中，我们是时时可发现许多珠宝的；大家都互相地受着影响，大家都更进一步了解他的同伴，大家都可以从那里得到些教益与利益。

"再喝一杯，只要一杯，一杯。"

"不，不能喝了，实在的。"

不会喝酒的人每每这样地被强迫着而喝了过量的酒。面部红红的，映在灯光之下，是向来所未有的壮美的丰采。

"圣陶，干一杯，干一杯，"我往往地举起杯来对着他说，我是很喜欢一口一杯地喝酒的。

"慢慢的，不要这样快，喝酒的趣味，在于一小口一小口地喝，不在于'干杯'。"圣陶反抗似的说，然而终于他是一口干了。一杯又是一杯。

连不会喝酒的愈之，雁冰，有时，竟也被我们强迫得干了一杯。于是大家哄然地大笑，是发出于心之绝底的笑。

再有，佳年好节，合家团圆地坐在一桌上，放了十几双的红漆筷子，连不在家中的人也都放着一双筷子，都排着一个座位。小孩子笑孜孜地闹着吵着，母亲和祖母温和地笑着，妻子忙碌着，指挥着厨房中厅堂中仆人们的做菜，端菜，那也是特有一种融融泄泄的乐趣，为孤独者所妒羡不止的，虽然并没有和同伴们同在时那样的宴之趣。

还有，一对恋人独自在酒店的密室中晚餐；还有，从戏院中偕了妻子出来，同登酒楼喝一二杯酒；还有，伴着祖母或母亲在熊熊的炉火旁边，放了几盏小菜，闲吃着宵夜的酒，那都是使身临其境的人心醉神怡的。

宴之趣是如此的不同呀！

原载 1932 年新中国书局版《海燕》集

风雨故人

悼沈叔薇

[沈叔薇是我的一个表兄，从小同学，高小中学（杭州一中）

都是同班毕业的，他是今年九月死的。]

叔薇，你竟然死了，我常常地想着你，你是我一生最密切的一个人，你的死是我的一个不可补偿的损失。我每次想到生与死的究竟时，我不定觉得生是可欲，死是可悲，我自己的经验与默察只使我相信生的底质是苦不是乐，是悲哀不是幸福，是泪不是笑，是拘束不是自由：因此从生入死，在我有时看来，只是解化了实体的存在，脱离了现象的世界，你原来能辨别苦乐，忍受磨折的性灵，在这最后的呼吸离窍的俄顷，又投入了一种异样的冒险。我们不能轻易地断定那一边没有阳光与人情的温慰，亦不能设想苦痛的灭绝。但生死间终究有一个不可掩讳的分别，不论你怎样的看法。出世是一件大事，死亡亦是一件大事。一个婴儿出母胎时他便与这生的世界开始了关系，这关系却不能随着他去后的躯壳埋掩，这一生与一死，不论相间的距离怎样的短，不论他生时的世界怎样的仄——这一生死便是一个不可销毁的事实：比如海水每多一次潮涨海滩便多受一次泛滥，我们全体的生命的滩沙里，我想，也存记着最微小的波动与影响……

而况我们人又是有感情的动物。在你活着的时候，我可以携着你的手，谈我们的谈，笑我们的笑，一同在野外仰望天上的繁星，或是共感秋风与落叶的悲凉……叔薇，你这几年虽则与我不易相见，虽则彼此处世的态度更不如童年时的一致，但我知道，我相信在你的心里还留着一部分给我的情愿，因为你也在我的胸中永占着相当的关切。我忘不了你，你也忘不了我。每次我回家乡时，我往往在不曾解卸行装前已经亟亟地寻求，欣欣地重温你的伴侣。但如今在你我间的距离，不再是可以度量的里程，却是一切距离中最辽远的一种距离——生与死的距离。我下次重归乡土，再没有机会与你携手谈笑，再不能与你相与恣纵早年的狂态，我再到你们家去，至多只能抚摩你的寂寞的灵帏，仰望你的惨淡的遗容，或是手拿一把鲜花到你的坟前凭吊！

叔薇，我今晚在北京的寓里，在一个冷静的秋夜，倾听着风催落叶的秋声，咀嚼着为你兴起的哀思，这几行文字，虽则是随意写下，不成章节，但在这舒写自来情感的俄顷，我仿佛又一度接近了你生前温驯的，谐趣的人格，仿佛又见着了你瘦脸上的枯涩的微笑——比在生前更谐合的更密切的接近。

我没有多少的话对你说，叔薇，你得宽恕我；当你在世时我们亦很少相互馨吐的机会。你去世的那一天我来看你，那时你的头上，你的眉目间，已经刻画着死的晦色，我叫了你一声叔薇，你也从枕上侧面来回叫我一声志摩，那便是我们在永别前最后的缘分！我永远忘不了那时病榻前的情景！

我前面说生命不定是可喜，死亦不定可畏：叔薇，你的一生尤其不曾尝味过生命里可能的乐趣，虽则你是天生的达观，从不曾慕羡虚荣的人间；你如其继续地活着，支撑着你的多病的筋骨，委蛇你无多沾恋的家庭，我敢说这样的生转不如撒手去了得干净！况且你生前至爱的骨肉，亦久已不在人间，你的生身的爹娘，你的过继的爹娘（你的姑母），你的姊姊——可怜娟姊，我始终不曾一度凭吊——还有你的爱妻，他们都在坟墓的那一边满开着他们天伦的怀抱，守候着他们最爱的"老五"，共用永久的安闲……

十一月一日早三时
你的表弟志摩

天目山中笔记

徐志摩

佛于大众中　说我当作佛
闻如是法音　疑悔悉已除
初闻佛所说　心中大惊疑
将非魔作佛　恼乱我心耶

——莲花经譬喻品

　　山中不定是清静。庙宇在参天的大木中间藏着，早晚间有的是风，松有松声，竹有竹韵，鸣的禽，叫的是虫子，阁上的大钟，殿上的木鱼，庙身的左边右边都安着接泉水的粗毛竹管，这就是天然的笙箫，时缓时急地参和着天空地上种种的鸣籁，静是不静的；但山中的声响，不论是泥土里的蚯蚓叫或是轿夫们深夜里"唱宝"的异调，自有一种各别处：它来得纯粹，来得清亮，来得透澈，冰水似的沁入你的脾肺；正如你在泉水里洗濯过后觉得清白些，这些山籁，虽则一样是音响，也分明有洗净的功能。

夜间这些清籁摇着你入梦，清早上你也从这些清籁的怀抱中苏醒。

山居是福，山上有楼住更是修得来的。我们的楼窗开处是一片蓊葱的林海；林海外更有云海！日的光，月的光，星的光：全是你的。从这三尺方的窗户你接受自然的变幻；从这三尺方的窗户你散放你情感的变幻。自在；满足。

今早梦回时睁眼见满帐的霞光。鸟雀们在赞美；我也加入一份。它们的是清越的歌唱，我的是潜深一度的沉默。

钟楼中飞下一声宏钟，空山在音波的磅礴中震荡。这一声钟激起了我的思潮。不，潮字太夸；说思流罢。耶教说阿门，印度教人说"欧姆"（O—m），与这钟声的嗡嗡，同是从撮口外摄到阖口内包的一个无限的波动；分明是外扩，却又是内潜；一切在它的周缘，却又在它的中心：同时是皮又是核，是轴亦复是廓。"这伟大奥妙的"（Om）使人感到动，又感到静；从静中见动，又从动中见静。从安住到飞翔，又从飞翔回复安住；从实在境界超入妙空，又从妙空化生实在：

"闻佛柔软音，深远甚微妙。"

多奇异的力量！多奥妙的启示！包容一切冲突性的现象，扩大刹那间的视域，这单纯的音响，于我是一种智灵的洗净。

花开，花落，天外的流星与田畦间的飞萤，上缩云天的青松，下临绝海的巉岩，男女的爱，珠宝的光，火山的熔液：

一婴儿在它的摇篮中安眠。

这山上的钟声是昼夜不间歇的，他已经不间歇地打了十一年钟，平均五分钟时一次。打钟的和尚独自在钟头上住着，据说他的愿心是打到他不能动弹的那天，钟楼上供着菩萨，打钟人在大钟的一边安着他的"座"，他每晚是坐着安神的，一只手挽着钟槌的一头，从长期的习惯，不叫睡眠耽误他的职司。

"这和尚，"我自忖，"一定是有道理的！和尚是没道理的多：方才那知客僧想把七窍蒙充六根，怎么算总多了一个鼻孔或是耳孔；那方丈师的谈吐里不少某督军与某省长的点缀；那管半山亭的和尚更是贪嗔的化身，无端摔破了两个无辜的茶碗。但这打钟和尚，他一定不是庸流不能不去看看！"他的年岁在五十开外，出家有二十几年，这钟楼，不错，是他管的，这钟是他打的（说着他就过去撞了一下），他每晚，也不错，是坐着安神的，但此外，可怜，我的俗眼竟看不出什么异样。他拂拭着神龛、神坐、拜垫，换上香烛掇一盂水，洗一把青菜，捻一把米，擦干了手接受香客的布施，又转身去撞一声钟。他脸上看不出修行的清癯，却没有失眠的倦态，倒是满满的不时有笑容的展露；念什么经；不就念阿弥陀佛，他竟许是不认识字的。"那一带是什么山，叫什么，和尚？""这里是天目山。"他说。"我知道，我说的是哪一带的。"我手点着问。"我不知道。"他回答。

山上另有一个和尚，他住在更上去昭明太子读书台的旧址，盖有几间屋，供着佛像，也归庙管的，叫作茅棚，但这不比得普陀山上的真茅棚，那看了怕人的，坐着或是偎着修行的和尚没一个不是鹄形鸠面，鬼似的东西。他们不开口的多，你爱布施什么就放在他跟前的篓子或是盘子里，他们怎么也不睁眼，不出声，随你给的是金条或是铁条。人说得更奇了，有的半年没有吃过东西，不曾挪过窝，可还是没有死，就这冥冥地坐着。

他们大约难成佛不远了，单看他们的脸色，就比石片泥土不差什么，一样这黑刺刺，死僵僵的。"内中有几个，"香客们说，"已经成了活佛，我们的祖母早三十年来就看见他们这样坐着的！"

但天目山的茅棚以及茅棚里的和尚，却没有那样的浪漫出奇。茅棚是尽够蔽风雨的屋子，修道的也是活鲜鲜的人，虽则他并不因此减却他给我们的趣味。他是一个高身材、黑面目，行动迟缓的中年人；他出家将近十年，三年前坐过禅关，现在这山上茅棚里来修行；他在俗家时是个商人，家中有父母兄弟姊妹，也许还有自身的妻子；他不曾明说他中年出家的缘由，他只说"俗业太重了，还是出家从佛的好。"但从他沉着的语音与持重的神态中可以觉出他不仅是曾经在人事上受过磨折，并且是在思想上能分清黑白的人。他的口，他的眼，都泄漏着他内里强自抑制，魔与佛交斗的痕迹；说他是放过火杀过人的忏悔者，可信；说他是个回头的浪子，也可信。他不比那钟楼上人的不着颜色，不露曲折；他分明是色的世界里逃来的一个囚犯。三年的禅关，三年的草棚，还不曾压倒，不曾灭净，他肉身的烈火。"俗业太重了，不如出家从佛的好"；这话里岂不颤栗着一往忏悔的深心？我觉着好奇；我怎么能得知他深夜趺坐时意念的究竟？

> 佛于大众中　说我当作佛
> 闻如是法音　疑悔悉已除
> 初闻佛所说　心中大惊疑
> 将非魔所说　恼乱我心耶

　　但这也许看太奥了。我们承受西洋人生观洗礼的，容易把做人看太积极，入世的要求太猛烈，太不肯退让，把住这热虎虎的一个身子一个心放进生活的轧床去，不叫他留存半点汁水回去；非到山穷水尽的时候，决不肯认输，退后，收下旗帜；并且即使承认了绝望的表示，他往往直接向生存本体的取决，不来半不阑珊的收回了步子向后退：宁可自杀。干脆的生命的断绝，不来出家，那是生命的否认。不错，西洋人也有出家做和尚做尼姑的，例如亚佩腊与爱洛绮丝，但在他们是情感方面的转变，原来对人的爱移作上帝的爱，这知感的自体与它的活动依旧不念糊地在着；在东方人，这出家是求情感的消灭，皈依佛法或道法，目的在自我一切痕迹的解脱。再说，这出家或出世的观念的老家，是印度不是中国，是跟着佛教来的；印度可以会发生这类思想，学者们自有种种哲理上乃至物理上的解释，也尽有趣味的。中国何以能容留这类思想，并且在实际上出家做尼僧的今天不比以前少（我新近一个朋友差一点做了小和尚！），这问题正值得研究，因为这分明不仅仅是

个知识乃至意识的浅深问题，也许这情形尽有极有趣味的
解释的可能，我见闻浅，不知道我们的学者怎样想法，我
愿意领教。

一九二六年八月作

翡冷翠山居闲话

徐志摩

在这里出门散步去，上山或是下山，在一个晴好的五月的向晚，正像是去赴一个美的宴会，比如去一果子园，那边每株树上都是满挂着诗情最秀逸的果实，假如你单是站着看还不满意时，只要你一伸手就可以采取，可以恣尝鲜味，足够你性灵的迷醉。阳光正好暖和，决不过暖；风息是温驯的，而且往往因为他是从繁花的山林里吹度过来，他带来一股幽远的淡香，连着一息滋润的水气，摩挲着你的颜面，轻绕着你的肩腰，就这单纯的呼吸已是无穷的愉快；空气总是明净的，近谷内不生烟，远山上不起霭，那美秀风景的全部正像画片似的展露在你的眼前，供你闲暇的鉴赏。

作客山中的妙处，尤在你永不须踌躇你的服色与体态；你不妨摇曳着一头的蓬草，不妨纵容你满腮的苔藓；你爱穿什么就穿什么；扮一个牧童，扮一个渔翁，装一个农夫，装一个走江湖的桀卜闪，装一个猎户；你再不必提心整理你的领结，你尽可以不用领结，给你的颈根与胸膛一半日的自由，你可以拿一条这边艳色的长巾包在你的头上，学一个太平军的头目，或是拜伦那埃及装的姿态；但最要紧的是穿上你最旧的旧鞋，别管它模样不佳，它们是顶可爱的好友，它们承着你的体重却不叫你记起你还有一双脚在你的底下。

这样的玩顶好是不要约伴，我竟想严格地取缔，只许你独身；因为有了伴多少总得叫你分心，尤其是年轻的女伴，那是最危险最专制不过的旅伴，你应得躲避她像你躲避青草里一条美丽的花蛇！平常我们从自己家里走到朋友的家里，或是我们执事的地方，那无非是在同一个大牢里从一间狱室移到另一间狱室去，拘束永远跟着我们，自由永远寻不到我们；但在这春夏间美秀的山中或乡间你要是有机会独身闲逛时，那才是你福星高照的时候，那才是你实际领受，亲口尝味，自由与自在的时候，那才是你肉体与灵魂行动一致的时候；朋友们，我们多长一岁年纪往往只是加重我们头上的枷，加紧我们脚胫上的链，我们见小孩子在草里在沙堆里在浅水里打滚作乐，或是看见小猫追它自己的尾巴，何尝没有羡慕的时候，但我们的枷，我们的链永远是制定我们行动的上司！所以只有你单身奔赴大自然的怀抱时，像一个裸体的小孩扑入他母亲的怀抱时，你才知道灵魂的愉快是怎样的，单是活着的快乐是怎样的，单就呼吸单就走道单就张眼看耸耳听的幸福是怎样的。因此你得严格的为己，极端的自私，只许你，体魄与性灵，与自然同在一个脉搏里跳动，同在一个音波里起伏，同在一个神奇的宇宙里自得。我们浑朴的天真是像含羞草似的娇柔，一经同伴的抵触，他就卷了起来，但在澄静的日光下，和风中，他的姿态是自然的，他的生活是无阻碍的。

你一个人漫游的时候，你就会在青草里坐地仰卧，甚至有时打滚，因为草的和暖的颜色自然地唤起你童稚的活泼；在静僻的道上你就会不自主地狂舞，看着你自己的身影幻出种种诡异的变相，因为道旁树木的阴影在他们纡徐的婆娑里暗示你舞蹈的快乐；你也会得信口的歌唱，偶尔记起断片的音调，与你自己随口的小曲，因为树林中的莺燕告诉你春光是应得赞美的；更不必说你的胸襟自然会跟着曼长的山径开拓，你的心地会看着澄蓝的天空静定，你的思想和着山罅间的水声，山罅里的泉响，有时一澄到底的清澈，有时激起成章的波动，流，流，流入凉爽的橄榄林中，流入妩媚的阿诺河去……

并且你不但不须应伴，每逢这样的游行，你也不必带书。书是理想的伴侣，但你应得带书，是在火车上，在

你住处的客室里，不是在你独身漫步的时候。什么伟大的深沉的鼓舞的清明的优美的思想的根源不是可以在风籁中，云彩里，山势与地形的起伏里，花草的颜色与香息里寻得？自然是最伟大的一部书，葛德说，在他每一页的字句里我们读得最深奥的消息。并且这书上的文字是人人懂得的；阿尔帕斯与五老峰，雪西里与普陀山，莱因河与扬子江，梨梦湖与西子湖，建兰与琼花，杭州西溪的芦雪与威尼市夕照的红潮，百灵与夜莺，更不提一般黄的黄麦，一般紫的紫藤，一般青的青草同在大地上生长，同在和风中波动——他们应用的符号是永远一致的，他们的意义是永远明显的，只要你自己性灵上不长疮癣，眼不盲，耳不塞，这无形迹的最高等教育便永远是你的名分，这不取费的最珍贵的补剂便永远供你的受用；只要你认识了这一部书，你在这世界上寂寞时便不寂寞，穷困时不穷困，苦恼时有安慰，挫折时有鼓励，软弱时有督责，迷失时有南针。

十四年七月

哲思小品

秋　夜

鲁迅

在我的后园，可以看见墙外有两株树，一株是枣树，还有一株也是枣树。

这上面的夜的天空，奇怪而高，我生平没有见过这样的奇怪而高的天空。他仿佛要离开人间而去，使人们仰面不再看见。然而现在却非常之蓝，闪闪地映着几十个星星的眼，冷眼。他的口角上现出微笑，似乎自以为大有深意，而将繁霜洒在我的园里的野花草上。

我不知道那些花草真叫什么名字，人们叫他们什么名字。我记得有一种开过极细小的粉红花，现在还开着，但是更极细小了，她在冷的夜气中，瑟缩地做梦，梦见春的到来，梦见秋的到来，梦见瘦的诗人将眼泪擦在她最末的花瓣上，告诉她秋虽然来，冬虽然来，而此后接着还是春，蝴蝶乱飞，蜜蜂都唱起春词来了。她于是一笑，虽然颜色冻得红惨惨地，仍然瑟缩着。

枣树，他们简直落尽了叶子。先前，还有一两个孩子来打他们别人打剩的枣子，现在是一个也不剩了，连叶子也落尽了。他知道小粉红花的梦，秋后要有春；他也知

最美的散文（中国卷）

一一〇

道落叶的梦，春后还是秋。他简直落尽叶子，单剩干子，然而脱了当初满树是果实和叶子时候的弧形，欠伸得很舒服。但是，有几枝还低亚着，护定他从打枣的竿梢所得的皮伤，而最直最长的几枝，却已默默地铁似的直刺着奇怪而高的天空，使天空闪闪地鬼睐眼；直刺着天空中圆满的月亮，使月亮窘得发白。

　　鬼睐眼的天空越加非常之蓝，不安了，仿佛想离去人间，避开枣树，只将月亮剩下。然而月亮也暗暗地躲到东

鲁迅的故乡绍兴

边去了。而一无所有的干子，却仍然默默地铁似的直刺着奇怪而高的天空，一意要制他的死命，不管他各式各样地映着许多蛊惑的眼睛。

哇的一声，夜游的恶鸟飞过了。

我忽而听到夜半的笑声，吃吃地，似乎不愿意惊动睡着的人，然而四围的空气都应和着笑。夜半，没有别的人，我即刻听出这声音就在我嘴里，我也即刻被这笑声所驱逐，回进自己的房。灯火的带子也即刻被我旋高了。

后窗的玻璃上丁丁地响，还有许多小飞虫乱撞。不多久，几个进来了，许是从窗纸的破孔进来的。它们一进来，又在玻璃的灯罩上撞得丁丁地响。一个从上面撞进去了，它于是遇到火，而且我以为这火是真的。两三个却休息在灯的纸罩上喘气。那罩是昨晚新换的罩，雪白的纸，折出波浪纹的叠痕，一角还画出一枝猩红色的

栀子。

　　猩红的栀子开花时，枣树又要做小粉红花的梦，青葱地弯成弧形了……我又听到夜半的笑声；我赶紧砍断我的心绪，看那老在白纸罩上的小青虫，头大尾小，向日葵子似的，只有半粒小麦那么大，遍身的颜色苍翠得可爱，可怜。

　　我打一个呵欠，点起一支纸烟，喷出烟来，对着灯默默地敬奠这些苍翠精致的英雄们。

　　　　　　　　　　　　　一九二四年九月十五日

最有益于全世界的老头子

邹韬奋

你做了有益于人的事情没有？

科学界发明家的老前辈爱迭生（Thomas A. Edison）已八十岁了！最近美国有人发起全国用选举方法选全国最伟大的人物，这位白发老翁便是当选的人，其实受他发明之赐的岂但美国，简直是全世界！我现在要和诸位谈谈这位有益于全世界的八十岁老头子。经过五十年之久，爱迭生在他试验室或工厂里面，在一个星期里，通扯平均起来，有六日工夫每日十八小时作工，有许多时候简直七日里面日日都做十八小时的工作。根据每日八小时的工作计算起来，他所尽力于有益于世界人类的工作，和平常一个人用去一百二十五年的时间一样！假使这位每日八小时工作的人从二十二岁起（爱迭生的重要发明是从他二十二岁开始）即开始发明，那末照爱迭生的发明成绩算起来，这个人现在要活了一百四十七岁才行。就是这样，他还不能赶上爱迭生，因为爱迭生的发明至今尚未停止，在最近的已往七八年里面，这位老怪杰每日工作平均仍有十六小时之多！这样说起来，如把上面所说的五十年，和最近的八年，共总计算起来，那位要赶上爱迭生的人，简直要现在已经活了一百六十岁！而且不可就死，还要很强壮地活下去！

现在爱迭生怎样？是不是要停工享福？不！不！他还有许多有益于世界的事情要发明，他还有许多工作要做，他没有工夫想到他自己的个人！

美国奇异电气公司副经理莫利逊是爱迭生四十多年的老友。他曾经说过："他们说爱迭生是一个伟人，是一个有光荣的发明家，是具有出类拔萃的天才，虽都不错，但这些事都还容易，在爱迭生还不止此，他是世界上最有用的一个人；他的有用于世界，影响全世界的几千万人的生活，现在活着的人，哪一个及得到他！你们若不相信，尽可视察视察，便要觉得奇异！"

这话一点不错，我们往往想到爱迭生发明了这个，发明了那个，却不甚留意他所发明的东西使得人类的生活受着很大的影响，使得实业受了很大的影响！尤其在注意的，是这种空前的惊人成绩乃出于一个脑子的产物！这个人真配得上"世界上最有用的人"的尊号。

这个尊号并不是空吹的。要明白这个尊号的意义，我们可略为谈谈他的发明事业。爱迭生发明的东西里面，最重要的或者要推白光电灯和发动机，这类事业不但创造一种新实业，在投资和用人方面规模之大，也是有史以来所少有。但是这类事业还不过是他的许多发明里面的一种！

他所发明的电影，又创造了一种新实业。此外还有蓄电池，留声机。以上据说的四样，不过是最普通最易明白的例子，其余还有许许多多，真说不完！

有人仅就美国一国里面，把由他发明而发生的各种实业统计一下，总结果如下：投资的金钱共有一百八十七万万零五千万金圆；服务的人共有九十三万零五百人；每年所付工资及薪金共有十六万万零一千五百万金圆（本年的统计），还有别国不在内，可惊不可惊！

有人把这个统计报告爱迪生，这位老先生眼巴巴地望了一会，说道："我自己倒也弄得糊里糊涂！"说完付之一笑。

诸位！他使得实业，交通，灯光，运输，娱乐，教育，种种方面都受着他的好处！他使得人类的生活状况和工作状况都发生了很重要的改革——但是对他提出他的已往成绩，他丝毫没有骄容，不过肩头一耸，笑一笑就算了，他以为算不了什么！

喜得说不出话来

爱迪生的成功秘诀，在乎不尚空谈，但专心致志地去干。他曾有一次说过："倘若一个人所已做过的事没有什么成绩，不足以表扬他自己，请他埋头工作，不要多开他的尊口。我深信实事求是不讲空谈的人，一定没有许多话可说。"

要爱迪生谈谈过去的事情，很不容易；因为他的全副精神都贯注于"现在"，简直没有工夫想到"过去"。不过当他少年穷困，初到纽约，怎样获得第一个位置的事，说者纷纷，言人人殊，最近有人诱得这位八十岁老头子说出他二十一岁初到纽约的遭遇，非常有趣，也非常有价值。

他说："在1869年的夏季，我那个时候已二十一岁，有一天早晨我由波斯顿乘船到纽约，我提着手囊跑过船板上岸之后，四顾盼望，身上搜挖一下，才晓得衣袋里一个钱都没有，因为所有的钱都付作船费了。我由船坞往街上走，一路走，一路心里想总要想出一种办法才好。

"我当时法子还没有想出来，肚里却已饿得要命，似乎早餐倒是一件要事。但是一钱不名的人，早餐怎么办呢？真是一个不易回答的问题。我一面走，一面这样自言自语地瞎想，偶然仰头一望，看见路旁一家茶行里面有一个人正在那里面尝茶样，把这个杯里所泡的茶尝一尝，又把那个杯里所泡的茶尝一尝，我便随步踏进这个茶行，请这个人给我一点茶样尝尝，他倒还客气，居然拿一点给我。我拿这一点茶叶塞在嘴里嚼嚼，就算我在纽约第一次的早餐！

"我记得在波斯顿认得一位电报生，听说他已到纽约做事。这个人很好，我这个时候决意去找他，以为倘若找到了，他必能在我未寻得工作以前，助我维持几天。哪里晓得千辛万苦的找到了他，刚巧他在前一个星期失业，真算得我的触霉头！那个时候他全力所能帮我的，就是把一块钱借我，这一块钱就是我未得事以前所靠以维持生活的唯一经费！

"我写了好几封自荐书，寄与几个电报局，同时便在一个公司里面寻着一个稍为有点认识的工人，求容我在那房子的角里小地方，暂时栖身，承他答应，我把那角里龌里龌龊的东西稍稍整理，勉强留出一个睡的地方。……
我对于这个公司里所用的机器，却觉得极有趣味。其中装
有五百部机器，靠一部总机发动。我当时空的时候很多，
便很用心地对于这些机器加以研究。但是我袋里只有一块
钱，做我粮食费用，我便想法只吃粗而易饱的东西，但是
能够吃几天呢？心里正在愁虑，而我的好运来了！这个好
运气是发生于我对机器的留心研究。

"有一天那公司里面的总机器出了毛病，管理的人弄
不好，公司里面许多人都弄不好。于是五百部机器都受影
响，不能进行。总经理劳斯博士也焦急咆哮，不知所措。
全公司弄得一团糟。我当时也夹在里面看热闹，觉得我看
出了其中毛病在什么地方。其初劳斯博士还不大注意，后
来他姑且叫我试试看。我把外衣脱掉，整整地工作了两小
时之久，居然将机器修好！但是我这次是拼老命干一下，
机器虽被我弄好，而这种说不出的吃力却是我生平第一次
所受过的。

"当时劳斯似乎非常感谢我，叫我第二天到他办公室
去看他。我心里想，他叫我去见他，只不过多送我十块钱
酬劳罢了。但是第二天对我宣布的话，竟使我喜出望外，
喜得说不出话来。他叫我做总工头，每月给我三百圆薪
金。这么多的钱，比我当时生平所赚的总数不止三倍！我
当时初听他的话，还疑心这位博士存心和我开玩笑，哪里
知道他的确是一番诚意。

"我得了这个位置，第一件事就赶紧请那位允我暂时
栖身一个小角里的朋友，到馆子里去大吃一顿！"

有一句话给学生听见了倒要大大地赞成！

由爱迪生看起来，金钱不是做事业的主要目的；他个人对于金钱，觉得有助于他的实验事业到什么地步，这金钱的价值也到了什么地步。所以他曾经说过："我做事的时候，总是专心致志地要想把所做的事如何如何做得好，并不想到如何可以藉此大赚其钱。我们如把营业的观念夹入实验室里面去，直正创造的实验事业便不可能。据我的经验，倘若一个人只不过为发财而做事，别的好处固然很少得到，就是钱财也未见到都可以得到。"

爱迪生所已成功的大发明里面，电影也是一种。现在电影事业已普及于全世界，就是我们中国也已经开始发动。在美国，这项事业规模更大。但是据发明这种事业的老头子说，他发明这种事业的原来宗旨还未曾达到。他说他最初把电影实验成功的时候，他不想专门供人娱乐，他是想电影大可以利用来改良教育。

他觉得普通学校用教科书教授，实在不适当，这种书本教育，据他看起来，最多不过有百分之三十的效率。但是我们却靠他做教育的唯一工具，要藉此使儿童了解社会上的实际生活，岂不大难！

所以爱迪生主张利用电影给与儿童一种新式教育，教他们由这里面学习许多实际的学识，不必全读死书。

倘若他老先生的理想能够实现，岂不是各校都要大做其影戏；做学生的读书的时候少，看戏的时候多，这倒是一件大可赞成的事。这不但学生觉得有趣味，就是做教员的，也要格外觉得有趣味。

有人问爱迪生，假使他再能从头活起，他的志愿怎样。他说："我还是不愿弃掉我的奋斗生活。我极宝贵由奋斗而得的经验，尤其是战胜困难所得的愉快。一个人要先经过困难，然后到了顺境，才觉得受用，才觉得舒服。"

爱迪生还有一句很有价值的话，他说："有的事情不是我们的眼睛所看得到的；但是尽力去干，却可以做到所不能见到的事情。"

（原刊 1927 年 6 月 5—19 日《生活》
周刊第 2 卷第 31—33 期）

林　语

王统照

　　夜，在秋之开始的黑暗中，清冷的风由海滩上掠过，轻忽地振动他们的弱体。初觉到肃杀与凄凉的传布，虽然还是穿着他们的盛年的绿衣，而警告的清音却已在山麓，郊原，海岸上到处散布着消息。

　　连绵矗立的峰峦，与蜿蜒崎岖的涧壑，巨石与曲流中间疏落而回环地立着多少树木。不是一望无际的广大森林，却是不可数计与不能一一被游山的人指出名字的植物。最奇异的是红鳞的松，与参天般的巨柏，挺立着，夭娇着，伏卧着，仰欹着，在这不多见行人足迹的山中，但当传了秋节来的清风穿过时，他们却清切地听到彼此的叹息。

　　黑暗中，
　　只有空际闪闪的星光，
　　与石边草中的几声虫鸣。

　　这奇伟的自然并没有沉睡，它在夜中仍然摇撼着万物的睡篮，要他们做着和平的梦；但白日给他们的刺激与触动过多了，他们担心着，不远的将来是幸福还是灾害？他们相互低语着他们的"或然的知识"，由消息的传达便驱去了梦，并且消灭了他们的和平。

夜，不远的波浪在暗中挣扎着因奋斗而来的呻吟，时而高壮，时而低沉，似奏着全世界的进行曲。

夜幕罩住了万物，都在暗中滋生，繁荣，并且竞争与退化着。从森密的丛中微闪出一线的亮光，是"水界的眼睛"诱惑着他们作白世界远处的纵眺，那水界转动它的眼波，围绕着地母的全身没有一刻的停息。

幽暗中微风吹掠着丛树的头顶，他们被水界的眼睛眩惑着，不能睡眠，便互相低语。

"秋的使者来了！繁盛与凋零在我们算得甚么呢？一年一年的剥削，是自然的权威。可怜的是我们究竟只是会挺立在这个枯干冷静的世界里，没有力量同人类似的可以避免这节候的剥削……"一棵最老的桧树首先叹息着。

"啊啊！老人！你没有力量却欣羡人类么？那可还有存留的智慧在你的记忆力里。这是听过我们远的，很远的祖先告诉过的，嗳！甚么历史？全是安慰人们心理的符箓罢了！那里曾给告诉过这是真实？没有呵！他们说：人们在这个世界至少有两个十万年了，这仍然是猜测夸大的诳语。但我们呢？我们才是宇宙万物的祖先，我们的功劳，我们沉默的工作，都是为了能动的物类保护，营养，借予他们的利益。不多说了，这是悲惨的记录！老人，总之，我们是只有智慧而缺少力量了，我们是只能服务而不取报偿。但……"山中特产的银杏摇着全身的小扇，颤颤地与桧老人相问答。

"但人类对于对我们的看待呢？……"一棵稚松在地

上跳跃着问。

桧老人惨然地叹声，"人类看待我们，比自然，比自然还要威严。自然是轮回的，人类却是巧妙而强硬地剥夺。他们忘了他们还是长脸嘴与周身披毛的时代了！也是野兽一样，与一切的动物单为了食物而争杀。他们到现在自称为灵明的优异的东西了，可是没有我们的身体当初作他们的武器，没有我们身上的火种，他们永远只能吃带血的与不熟的食物。至于以后的进化，自然是没有的。他们撷取了我们的智慧，却永远使我们作了沉默的奴隶。嗳！严厉与自私，这是人类的历史！"

左右的老树，他们因为直立的日月太多了，都俯着首应和着老桧的伤怨的叹息。

"你为甚么这样咒诅呢？以前就听过常常说起。"生意茁壮的稚松申述它的怀疑。

"年轻的孩子！老人是好静默的，将一切过去的印象永远地印在心里，他不愿意重行印出。他为经验所困苦，所以容易慨叹；他的智慧已侵蚀了他青年的力量，只留下透明的躯体。人间不是有一些教训么？说老年是衰退，其实力量的减少任甚么都是一样。像我自然是炉火的余灰，不过这一无力量的余灰都是造成后来生命的根本。这话太笨了，总之，你以为我以前不常说这些话便认为奇怪，但是如同我一样年纪的他们便觉得不足奇怪了。我与同年纪的人都是常在沉默中彼此了解，偶然的叹息是可以证明各个的心意。话，本是不得已才用的呆笨的记号，因为又当这一次时令的使者的消息传到，便在你们的不知经验的面前说到人类，……说到人类，我的诅恨竟不能免却，这实在没有十分修养的性质。……"

"不，老祖父，你能诅恨便可以把它扩充到全世界中我们的同类，教给我们年轻的兄弟们，这便有力量了！"一棵更稚弱的杉树傲然地插话。

"那只是空言，只是空言罢了。他们想由诅恨而抵抗人类的残暴；想恢复你们的祖先借予人类的力量；想作自然的征服；想伸展你们的自由？孩子！你们的力量还不充分，……即使充分，你们没有估计你们的智慧的薄弱，所以是空想啊！"索索颤抖的老银杏语音上有些恐怖。

"不！联合与一致是力量，也是智慧。"小松树简捷反抗的话。

"这真是孩子话，足以证明你的智慧的浅陋。你先要知道我们也如其他的生物一样，受有祖宗的血的遗传，有自然的感应的器官，也有永远不可变易的性质。所以这力量与智慧是一定的，是自然命运的支配。你想藉那点出处的智慧要指挥，——或者联合同类的动作想反抗自然与人类，这是希望，但不是力量；是想象中的花朵，不是战争中的手与武器。我们在年轻如你们的时代也曾这样深切地想着。"年纪最老的古桧又恳切地说了。

左右围列的老树都凄切地发出同一的叹息。

那些幼弱的稚嫩的富有生意的小树木，也在老树的下面低低地争辩，独有挺生的小松树仍然反抗道："老祖父，你是在讲论你的哲理，哲理是由经验集成的，是时序与材料的叠积，从这里生出了观念与忖度。这在为时间淹没过的人间是藉以消磨他们的无聊的岁月的辩证，但在我们的族属中又何须呢？尤其是我们这些迸出地上面不久的孩子，我们不是专为了呆笨的人类牺牲了身体为他们取得火种，也不是如同那些麦谷类的同宗兄弟经人类的祖先殷勤培植后，却为的是饱他们的口腹。——但，老祖父，我们的末运却更坏了！到处在荒山幽谷的，也不能脱却了人类的厄害，他们用种种苛酷的刑法斩伐了我们的肢体，却来供他们的文明的点缀。我们不力求自由，即须作他们的榨取者，至少，我们应该有诅恨的力量！我们没有武器，也没有智慧么？没有智慧，也没有力量么？久远地低头我们便成了代代是被剥削的奴隶。你，想我们怎么曾有负于人类呢？"

这是有力的申诉，多少年轻的树木都引起喝啸的赞美之音，山谷中有凄风的酬和。

老树们沉默，……沉默，清夜的露水沿着他们的将近枯落的叶子落下，如同无力的幽泣。

"我们要求我们力量的联合，去洗涤我们先代的耻辱！"年轻的树木因为小杉的提论，得到力之鼓舞，他们的心意全被投到辽远的愿望之中，想与不易抵抗的人类的智慧作一联合的反叛。

海岸边涌起的波涛，前消后继地向上夺争，又如同唱着催迫他们的进行的曲调。

（选自《片云集》）

读书与冥想

如果说山是宗教的，那么湖可以说是艺术的、神秘的，海可以说是革命的了。

梅戴林克的作品近于湖，易卜生的作品近于海。

湖大概在山间，有一定数目的鳞介做它的住民，深度性状也不比海的容易不一定。幽邃寂寥，易使人起神秘的妖魔的联想。古来神妖的传说多与湖有关系：《楚辞》中洞庭的湘君，是比较古的神话材料。西湖的白蛇，是妇孺皆知的民众传说。此外如巢湖的神姥（《刘后村诗话》：姜白石有《平调满江红》词，自序云："《满江红》旧词用仄韵，多不协律……予欲以平韵为之，久不能成。因泛巢湖……祝曰："得一夕风，当以《平韵满江红》为迎送神曲。'言讫，风与笔俱驶，顷刻而成。"）、芙蓉湖的赤鲤（《南徐州记》："子英于芙蓉湖捕得一赤鲤，养之一年生两翅。鱼云：'我来迎汝。'子英骑之，即乘风雨腾而上天，每经数载，来归见妻子，鱼复来迎。"）、小湖的鱼（《水经注》："谷水出吴小湖，径由卷县故城下。《神异传》曰："由拳县，秦时长水县也。"始皇时县有童谣曰："城门当有血，城陷没为湖。"有老妪闻之忧惧，旦往窥城门，门侍欲缚之，妪言其故。后，门侍杀犬以血涂门。妪又往，见血走去，不敢顾。忽又大水长欲没县，主簿令干入白令。令见干曰："何忽作鱼？"干又曰，"明府亦作鱼。"遂乃沦为谷矣。）、白马湖的白马（《水经注》："白马潭深无底。传云：创湖之始，边塘屡崩，百姓以白马祭之，因以名水。"又，《上虞县志》：晋县令周鹏举治上虞有声，相传乘白马入湖仙去。）等都是适当的例证。湖以外的地像，如山、江、海等，虽也各有关联的传说，但恐没有像湖的传说的来得神秘的和妖魔的了，可以说湖是地像中有魔性的东西。

　　将自己的东西给与别人，还是容易的事，要将不是自己的东西当作自己的所有来享乐，却是一件大大的难事。"虽他乡之洵美兮，非吾土之可怀"，就是这心情的流露。每游公园名胜等公共地方的时候，每逢借用公共图书的时候，我就起同样的心情，觉得公物虽好，不及私有的能使我完全享乐，心地的窄隘，真真愧杀。这种窄隘的心情，完全是私有财产制度养成的。私有财产制度一面使人能占有所有，一面却使人把所有的范围减小，使拥有万象的人生变为可怜的穷措大了。

　　熟于办这事的曰老手、曰熟手，杀人犯曰凶手，运动员曰选手，精于棋或医的人曰国手，相助理事曰帮手，供差遣者曰人手，对于这事负责任的曰经手，处理船务的曰水手……手在人类社会的功用真不小啊。
　　人类的进化可以说全然是手的恩赐，一切机械就是手的延长。动物虽有四足，因为无手的缘故，进步遂不及人类。

近来时常作梦，有儿时的梦，有遇难的梦，有遇亡人的梦。

一般皆认梦为虚幻，其实由某种意义看，梦确足人生的一部分，并且有时比现实生活还要真实，白日的秘密，往往在梦呓中如实暴露。在悠然度日的人们，突然遇着死亡疾病灾祸等人世的实相的时候，也都惊异地说："这不是梦吗？""好比做了一场梦！"

梦是个人行为和社会状况的反光镜。正直者不会有窃物的梦，理想社会的人们不会有遇盗劫受兵灾的梦。

高山不如平地大。平的东西部有大的涵义。或者可以竟说平的就是大的。

人生不单因了少数的英雄圣贤而表现，实因了茧茧平凡的民众而表现的。啊，平凡的伟大啊。

沙翁戏曲中的男性几乎没有一个完全的人。《阿赛洛》中的阿赛洛，《叙利·西柴》中的西柴等，都是有缺点的英雄；《哈姆列脱》中的哈姆列脱，是空想的神经质的人物，《洛弥阿与叙列叶》中的洛弥阿是性急的少年。

但是，他的作品中的女性几乎没有一个不是聪明贤淑，完全无疵的人。《利亚王》中的可莱利亚，《阿赛洛》中的代斯代马那，《威尼斯商人》中的朴尔谢等，都是女性的最高的典型（据拉斯京的《女王的花园》）。

沙翁将人世悲哀的原因归诸人性的缺陷，这性格的缺陷又偏单使男性负担。在沙翁剧中，悲剧是由男性发生，女性则常居于救济者或牺牲者的地位。

教师对于学生所应取的手段，只有教育与教训二种：教育是积极的辅助，教训是消极的防制。这两种作用，普通皆依了教师的口舌而行。要想用口舌去改造学生，感化学生，原是一件太不自量的事，特别地在教训一方面，效率尤小。可是教师除了这笨拙的口舌，已没有别的具体的工具了。不用说，理想的教师应当把真心装到口舌中去，但无论口舌中有否笼着真心，口舌总不过是口舌，这里面有着教师的悲哀。

能知道事物的真价的。是画家，文人，诗人。凡是艺术，不以表示了事物的形象就算满足，还要捕捉潜藏在事物背面或里面的生命。近代艺术的所以渐渐带着象征的倾向，就是为此。

生物学者虽知把物分为生物与无生物，其实世间的一切都是活着的。泥土也是活的，水也是活的，灯火也是活的，花瓶也是活的，都有着力，都有着生命。不过这力和生命，在昏于心眼的人却是无从看见，无从理会。

学画兰花只要像个兰花，学画山水只要像个山水，是容易的，可是要他再好，是不容易的了。写字但求写得方正像个字，是容易的，可是要他再好是不容易的了。

真要字画文章好，非读书及好好地做人不可，不是仅从字画文章上学得好的。那么，有好学问或好人格的人都可以成书画家文章家了吗？那却不然，因为书画文章在某种意义上是艺术的缘故。

刊《春晖》第三期、第十二期

（1922 年 12 月 1 日、1923 年 5 月 1 日）

读书并非为黄金

孙福熙

——我的不读书的经验——

中国人太把"读书"看得严重，"书中自有黄金屋，书中自有千钟粟"的说法，先认读书为苦不可耐，于是用黄金利禄来引诱，就是"吃得苦中苦，方为人上人"的意思。

本刊征求我读书的经验，我不敢以读书人自居（虽然读书人的"书生气"的坏处依然是很多），我是能说的不是读书的经验，而是不读书的经验。

我三周岁以后就读书，读书这样早，完全因为我幼年时太活泼，毁坏了许多东西的缘故。一直到十二岁，全是旧式灌注的教育，除了识字的成绩以外，到现在是毫无益处。因为读书没有趣味的缘故，此后入学校，直至师范学校毕业为止，凡有书本的功课我都不大喜欢。所喜欢的是手工图画以及书本以外兼有实物的理化博物。再后则半工半读或者整日工作而夜间自己读书而已。

尤其是在法国的时候，因为经济的能力是不能读书的，所以，一方面分出时间去工作，一方面又节省读书应有的一切工具与方法，欲读书而不可得了。我没有人教我法文，为了节省起见，不懂一句法文，就进美术学校学画去了。自己看看法文书，弄出许多的错误。为了这个缘故，我的一点智识，都与事实有关，例如法文中的"兰花"一字，是同学在公园中告我的，所以至今联想到这同学与公园，"延长"一字联想下雨与房东老太婆，因为并不是从读书得来，所以我没有什么字是可以联想书本的。

这该是很大的耻辱。

不但如此：许多人是先读了书，后来证之事实，惊叹古人深思明辨，于是豁然贯通地说一声："此诚所谓'学于古训乃有获，监于成宪永无愆'也"。

而我则不然，我的肚皮里没有书，没有把有系统的书本智识作为辨别事理的根据，每遇到事物上有疑问，只得乱翻书本来求解答而已。

我以为，中国人把读书看得太苦亦太尊贵了，于是与世界事物脱离了关系。读书与散步、踢球、看电影、游山玩水，并不冲突，而且是互有补益。（大学生天天进跳舞场未必有益，但偶然去一次，未必带回满身的恶景，这全在自己的处置如何耳。）

我觉得，一个法国人的走进图书馆去，简直同走进戏院电影场去是一样的性质。星期或假日，不必工作的时候，法国人就要利用这一天时间，作有益身心之事。我不是说法国人愚笨，肯以读书苦事视为看戏看电影一样的快乐：我要说的是读书得法的时候，与戏剧电影之启发智识，涵养德性，陶冶情感的出之消遣性质者，完全是一样的。

中国的电影太受美国影响的缘故，游嬉的性质太多，学术的意味太少了。

反之，中国的读书，或者可以说，学术的意味太多，而引动趣味太少，内容则平板陈腐，文字则枯燥生硬，虽有黄金利禄的引诱，天下尽有未用读书作"敲门砖"而骗到了黄金与利禄者。

著书者与读书者的态度都可以改变一下。

（刊《读书季刊》第一卷二号，
一九三五年十月一日出版。）

海　燕

　　乌黑的一身羽毛，光滑漂亮，积伶积俐，加上一双剪刀似的尾巴，一对劲俊轻快的翅膀，凑成了那样可爱的活泼的一只小燕子。当春间二三月，轻飔微微地吹拂着，如毛的细雨无因的由天上洒落着，千条万条的柔柳，齐舒了它们的黄绿的眼，红的白的黄的花，绿的草，绿的树叶，皆如赶赴市集者似的奔聚而来，形成了烂漫无比的春天时，那些小燕子，那么伶俐可爱的小燕子，便也由南方飞来，加入了这个隽妙无比的春景的图画中，为春光平添了许多的生趣。小燕子带了它的双剪似的尾，在微风细雨中，或在阳光满地时，斜飞于旷亮无比的天空之上，唧的一声，已由这里稻田上，飞到了那边的高柳之下了。再几只却隽逸的在粼粼如縠纹的湖面横掠着，小燕子的剪尾或翼尖，偶沾了水面一下，那小圆晕便一圈一圈地荡漾了开去。那边还有飞倦了的几对，闲散的憩息于纤细的电线上，——嫩蓝的春天，几支木杆，几痕细线连于杆与杆间，线上是停着几个粗而有致的小黑点，那便是燕子，是多么有趣的一幅图画呀！还有一家家的快乐家庭，他们

最美的散文（中国卷）

一三三

还特为我们的小燕子备了一个两个小巢，放在厅梁的最高处，假如这家有了一个匾额，那匾后便是小燕子最好的安巢之所。第一年，小燕子来住了，第二年，我们的小燕子，就是去年的一对，它们还要来住。

"燕子归来寻旧垒。"

还是去年的主，还是去年的宾，他们宾主间是如何的融融泄泄呀！偶然的有几家，小燕子却不来光顾，那便很使主人忧戚，他们邀召不到那么隽逸的嘉宾，每以为自己运命的塞劣呢。

这便是我们故乡的小燕子，可爱的活泼的小燕子，曾使几多的孩子们欢呼着，注意着，沉醉着，曾使几多的农人们市民们忧戚着，或舒怀地指点着，且曾平添了几多的春色，几多的生趣于我们的春天的小燕子！

相聚 1933年夏，郑振铎与谢冰心夫妇摄于北平。左三起：吴文藻、谢冰心、郑振铎。

如今，离家是几千里！离国是几千里！托身于浮宅之上，奔驰于万顷海涛之间，不料却见着我们的小燕子。

　　这小燕子，便是我们故乡的那一对，两对么？便是我们今春在故乡所见的那一对，两对么？

　　见了它们，游子们能不引起了，至少是轻烟似的，一缕两缕的乡愁么？

　　海水是皎洁无比的蔚蓝色，海波是平稳得如春晨的西湖一样，偶有微风，只吹起了绝细绝细的千万个粼粼的小皱纹，这更使照晒于初夏之太阳光之下的、金光灿烂的水面显得温秀可喜。我没有见过那么美的海！天上也是皎洁无比的蔚蓝色，只有几片薄纱似的轻云，平贴于空中，就如一个女郎，穿了绝美的蓝色夏衣，而颈间却围绕着一段绝细绝轻的白纱巾。我没有见过那么美的天空！我们倚在青色的船栏上，默默地望着这绝美的海天；我们一点杂念也没有，我们是被沉醉了，我们是被带入晶天中了。

　　就在这时，我们的小燕子，二只，三只，四只，在海上出现了。它们仍是隽逸地从容地在海面上斜掠着，如在小湖面上一样；海水被它的似剪的尾与翼尖一打，也仍是连漾了好几圈圆晕。小小的燕子，浩莽的大海，飞着飞着，不会觉得倦么？不会遇着暴风疾雨么？我们真替它们担心呢！

　　小燕子却从容地憩着了。它们展开了双翼，身子一落，落在海面上了，双翼如浮圈似的支持着体重，活是一只乌黑的小水禽，在随波上下地浮着，又安闲，又舒适。海是它们那么安好的家，我们真是想不到。

　　在故乡，我们还会想象得到我们的小燕子是这样的一

个海上英雄么？

　　海水仍是平贴无波，许多绝小绝小的海鱼，为我们的船所惊动，群向远处窜去；随了它们飞窜着，水面起了一条条的长痕，正如我们当孩子时之用瓦片打水漂在水面所划起的长痕。这小鱼是我们小燕子的粮食么？

　　小燕子在海面上斜掠着，浮憩着。它们果是我们故乡的小燕子么？

　　啊，乡愁呀，如轻烟似的乡愁呀！

原载一九三二年新中国书局《海燕》集

所谓"中小学文言运动"①

胡适

本年五月初，汪懋祖先生在《时代公论》第一一〇号上发表了一篇《禁习文言与强令读经》，引起了吴研因先生在各报上发表反驳的文字。汪先生第一次答辩（《时代公论》第114号）才用了"中小学文言运动"的题目。这个月中，各地颇有讨论这个问题的文字，渐渐地离原来的论点更远了。我本来不愿意加入这个问题的讨论。今天任叔永先生送来了一篇《为全国小学生请命》，这是《独立评论》上第一次牵涉到这个问题，叔永在他的文章里把这个"论战"做了一段简单的提要，我读了觉得他的提要不很正确，所以我要补充几句，并且借这个机会说说我的一点意见。

汪懋祖的第一篇文字，条理很不清楚，因为是用很不清楚的文言写的。我细细分析，可把他的主张总括成这几点：

（1）"初级小学自以全用白话教材为宜。"

----

① 本篇最初发表于1934年7月15日《独立评论》第109号，署名胡适。后收入《胡适论学近著》。

（2）"而五六年级应参教文言。不特为升学及社会应用所需，即对于不升学者，亦不当绝其研习文言之机会也。"

（3）关于中学国文科文言教材应该占多大的成分，汪先生没有明说，但他曾说："吾只望初中能读毕《孟子》，高中能读《论语》《学》《庸》以及《左传》《史记》《诗经》《国策》《庄子》《荀子》《韩非子》等选本，作为正课，而辅以各家文选，及现代文艺，作为课外读物。"

他的主张不过如此。这样的主张，不过是一个教育家的个人见解，本来不值得我们大惊小怪。他的文字所以引起读者的反感，全因为他在每一段里总有几句痛骂白话拥护文言的感情话，使人不能不感觉这几条简单的主张背后是充满着一股热烈的迷恋古文的感情。感情在那儿说话，所以理智往往失掉了作用。例如他说：

学习文言与学习语体，孰难孰易，必经心理学专家之长于文字者，作长期的测验研究，殊未可一语武断。

这好象是个学者的态度。但他下文说：

二者（文言与白话）各有其用，欲卓然成一作家，则所资于天力与功力，正复相同。

这就是"武断"二者难易"正复相同"了。下文他又说：

草写"如之何"三字，时间一秒半；草写"怎么办"三字需七秒半，时间相差六秒。文言之省便，毋待哓哓。乃必舍轻便之利器，用粗笨之工具，吾不知其何说也。

这又更进一步"武断"白话为"粗笨之工具"，文言为"轻便之利器"了！然而汪先生接着又忽然下一转语：

或谓学习文言当较白话费力。曰，然。

这又是不待"心理学专家长期的测验研究"，而"武断"学习文言"较白话费力"了！

究竟学习白话与学习文言"孰难孰易"呢？还是"学习文言较白话费力"呢？还是"文言之省便毋待哓哓"呢？还是"二者正复相同"呢？还是我们应该静待"心理学专家作长期的测验研究"呢？汪先生越说，我们越糊涂了。

这是那个所谓"中小学文言运动"的发难文字的内容。以后的讨论，更使我们看出当日发难的人和后来附和的人的心事。在《中小学文言运动》一篇里，汪先生很明白地说：

读经决非恶事，似毋庸讳言。时至今日，使各省当局如何键陈济棠辈之主张尊孔读经，可谓豪杰之士矣。

在这里我的老朋友汪懋祖先生真是"图穷而匕首见"

了。至于附和的人，大都是何键陈济棠两位"豪杰之士"的同志。在《时代公论》第一一七号里，有位许梦因先生投了一篇《告白话派青年》，说：

> 白话必不可为治学工具。今用学术救国，急应恢复文言。

他痛哭流涕地控诉"白话派"：

> 其所奉行惟谨之白话，实质全系外国的而非中国的（胡适谨按：这句话大有白话的嫌疑。许梦因先生何不把这句白话改作古文试试看？）其体势构造每非一般识字读书之中国人所能领会。可领会者，大都外国假面具社会主义之宣传，无一事一理及于实用科学，或为本国所有者。

发这样议论的人，当然够得上拥护今日一班"豪杰之士"的主张了。

这个所谓"中小学文言运动"的主张和动机，不过如此。我们综合我们看见的一些讨论，（惭愧的很，上海各刊物上的讨论，我们收集到的很少。）觉得《时代公论》第一一三号上龚启昌先生的一篇《读了"禁习文言与强令读经"以后》，立论很公平，其中有许多细密的议论。龚先生认清了今日白话文言之争，"是社会对于文言语体的态度问题"。他说：

> 我们试看社会上对于文言语体的态度如何？报纸影响于社会心理者最大，应能提倡语体才好。其他如官场的文告，

来往的公事，虽是加上了新式标点，内容依旧是文言，……就在教育界本身也还有种种矛盾的现象。日前看见报上载江苏省会考试题议决一律用文言。现在国内各大学的考试，及考试院举办的考试，更非用文言不可。……无怪乎现在的中学生（胡适按：此处及下文，原文有缺误。）甚而小学生，你不教他文言，他还要求你教他文言。中学大学入学试验的影响于学生心理与态度，比了行政机关的一纸号令，或文人的两三篇文字，不知要大多少。

这都是一针见血的诊断。汪懋祖先生们说的"社会应用所需"，其实正是这一类的"矛盾的现象"在那儿作怪。教育部屡次下令禁止小学讲习文言，并且明令初中各科教科书，除国文一小部分之外，不得用文言编撰。但教育部如何敌得过许多"豪杰之士"主持的政府机关，教育机关，考试机关，舆论机关的用全力维护古文的残喘？七八年的革命政府在这一方面只做到了去年的公文一律用新式标点的通令而已。我很佩服龚先生的说法：

语体文在小学里的地位，当然毫无异议。不过应当使社会尊重语体文，广为推行，一切报章公文一律改过，尤其是中学大学入学试验也要能提倡。否则一部分人提倡语体，又有一部分人在那里提倡文言，以致青年无所适从了。

我们既是认定了语体为提高国民文化的轻便工具，我们应当再请政府来彻底的革一下命。否则虽是十年百年也还没有结果。

可惜今日的"豪杰之士"还不肯承认龚先生的前提呵!

龚先生说的"社会的态度"的问题,我们在十七八年前早已认清楚了。清朝的末年,民国的初年,也有提倡白话报的,也有提倡白话书的,也有提倡官话字母的,也有提倡简字字母的。他们的失败在于他们自己就根本瞧不起他们提倡的白话。他们自己做八股策论,却想提倡一种简易文字给老百姓和小孩子用。殊不知道他们自己不屑用的文字,老百姓和小孩子如何肯学呢?所以我们在十七八年前提倡"白话文学"的运动时,决心先把白话认作我们自己爱敬的工具;决心先认定白话不光是"开通民智"的利器,乃是创造中国文学的唯一工具。我曾说:

> 白话不是只配抛给狗吃的一块骨头,乃是我们全国人都该赏识的一件好宝贝。(《五十年来中国之文学》《胡适文存二集》卷二,页一九三。)

这就是说:若要使白话运动成功,我们必须根本改变社会上轻视白话的态度。怎样下手呢?我们主张从试作白话文学下手。单靠几部《水浒》《西游》《红楼梦》是不够的。所以民国七年我在《建设的文学革命论》里,很明白地说:

> 若要造国语,必须造国语的文学。有了国语的文学,自然有国语。……真正有功效有势力的国语教科书便是国语的文学,便是国语的小说诗文剧本。……中国将来的新

文学用的国语，就是将来的标准国语。

　　这就是说：我们下手的方法，只有用全力用白话创造文学。白话文学的真美被社会公认之时，标准化的国语自然成立了。

　　我当时的主张，一班朋友都还不能完全了解。时势的逼迫也就不容许我的缓进的办法的实行。白话文学运动开始后的第三年，北京政府的教育部就下令改用白话作小学第一二年级的教科书了！民国十一年的新学制不但完全采用国语作小学教科书，中学也局部的用国语了！这是白话文学运动开始后第五年的事！这样急骤的改革，固然证明了我的主张的一部分：就是白话"文学"的运动果然抬高了社会对白话的态度，因而促进了白话教科书的实现。但是在那个时代，白话的教材实在是太不够用了，实在是贫乏得可怜！中小学的教科书是两家大书店编的，里面的材料都是匆匆忙忙地搜集来的；白话作家太少了，选择的来源当然很缺乏；编撰教科书的人又大都是不大能做好白话文的，往往是南方作者勉强作白话；白话文学还没有标准，所以往往有不很妥帖的句子。但平心而论，民国十一年"新学制"之下的国语教科书还经过了比较细心的编纂，谨慎的审查。民国十五六年的政治大革命以后，各家书店争着编纂时髦的教科书，竞争太激烈了，各家书店都没有细心考究的时间，所以编纂审查都更潦草了；甚至于把日报上的党国要人的演说笔记都用作教科书的材料！所以这几年出的国语教科书，在文字上，在内容上，恐怕还不如民国十一二年的教科书了。

所以我们回头看这十几年出的教科书，实在不能否认这些教科书应该大大地改良。但这十几年的中小学教科书的不满人意，却也证明了我十七年前的忧虑。我当时希望有第一流的白话诗，文，戏本，传记等等出来做"真正有功效有力量的国语教科书"。但十七年来，白话文字的作品虽然在质上和量上都有了进步，究竟十七年的光阴是很短的，第一流的作家在一个短时期里是不会很多的。何况牟利的教科书商人又不肯虚心地，细心地做披沙拣金的编纂工作呢？今日社会上还有一部分人对于白话文存着轻藐的态度，我们提倡白话文学的人不应该完全怪他们的顽固，我们应该责备我们自己提倡有心而创作不够，所以不能服反对者之心。

　　老实说，我并不妄想"再请政府来彻底地革一下命"。我深信白话文学是必然能继长增高地发展的，我也深信白话在社会上的地位是一天会比一天抬高的。在那第一流的白话文学完全奠定标准国语之前，顽固的反对总是时时会有的。对付这种顽固的反对，不能全靠政府的"再革一下命"，——虽然那也可以加速教育工具的进步，——必须还靠第一流白话文学的增多。

二三，七，九夜

妇女问题与东方文明等[①]

周作人

妇女问题是全人类的问题，不单是关于女性的问题。英国凯本德（E. Carpenter）曾说过，妇女运动不能与劳工运动分离，这实在是社会主义中之一部分，如不达到纯正的共产社会时，妇女问题终不能彻底解决。无论政治改革到怎样，但如妇女在妊孕生产时不能得政府的扶助，或在平时尚有失业之虑，结果不能不求男子的供养，则种种形相的卖淫与奴隶生活仍不能免，与资本主义时代无异。苏俄现任驻挪威公使科隆泰（A. Kollontai）女士在所著小说《姊妹》一篇里描写这种情形，很是明白，在举世称为共产共妻的俄国，妇女的地位还是与世界各国相同，她如不肯服从那依旧专横的丈夫，容忍他酗酒或引娼女进家里来，她便只好独自走出去，去做那娼女的姊妹，因为此外无职业可就。这样看来，妇女问题的根本解决在此刻简直是不可能，而所谓纯正的共产社会也还只好当作乌托邦看罢了。

这个年头儿，本来也不必讲什么太理想的话，太理

---

① 本篇收《永日集》。

最美的散文（中国卷）

一四五

想容易近于过激，所以还是来"卑之，无甚高论"吧。在此刻讲妇女问题，就可讲的范围去讲，实在只有"缝穷"之一法，这就是说在破烂的旧社会上打上几个补钉而已。女子的职业开放，权利平等（选举及从政权，遗产承受权等），这自然都是很好的，一面是妇女问题的部分的改造，一面也确可以使妇女生活渐进于自由。但我所想说的，却在还要抽象的一方面，虽是比较地不切实，其实还比较地重要一点，因为我觉得中国妇女运动之不发达实由于女子之缺少自觉，而其原因又在于思想之不通彻，故思想改革实为现今最应重视的一件事。这自然，我的意思是偏于智识阶级的一边，一切运动多由他们发起煽动，已是既往的事实，大众本是最"安分守己"的，他的理想世界还是在辛亥以前，如没有人去叫他，一直还是愿意这样睡下去的：智识阶级无论是否即将被"奥伏赫变"的东西，总之这是他们的责任。去叫醒别人，最初自然须得先使自己觉醒。我所说的便是关于这自己觉醒的问题，也即是青年的思想改革。

第一重要的事，青年必须打破什么东方文明的观念。自从不知是哪一位梁先生高唱东方文明的赞美歌以来，许多遗老遗少随声附和，到处宣传，以致青年耳濡目染，也中了这个毒，以为天下真有两种文明，东方是精神的，西方是物质的，而精神则优于物质，故东方文化实为天下至宝，中国可亡，此宝永存。这种幼稚的夸大也有天真烂漫之处，本可以一笑了之，唯其影响所及，不独拒绝外来文化，成为思想上的闭关，而且结果变成复古与守旧，使已经动摇之旧制度旧礼教得了这个护符，又能支持下去了。

就是照事实上说来，东方文明这种说法也是不通的。他们见了佛陀之说寂灭，老庄之说虚无，孔孟之说仁义，与泰西的舰坚炮利很是不同，便以为东西文化有精神物质之殊；其实在东方之中，佛老或者可以说是精神的（假如这个名词可通），孔孟则是专言人事的实际家，其所最注意的即是这个物质的人生，而西方也有他们的基督教，虽是犹太的根苗，却生长在希腊罗马的土与空气里，完全是欧化了的宗教，其"精神的"之处恐怕迥非华人所能及，一方面为泰西物质文明的始基之希腊文化则又有许多地方与中国思想极相近，亚列士多德一路的格致家我们的确惭愧没有，但如梭格拉第之与儒家，衣壁鸠鲁之与道家，画廊派（Stoics）之与墨家，就是不去征引蔡孑民先生的话，也可以说是不少共通之点。其实这些议论都是废话，人类只是一个，文明也只是一个，其间大同小异，正如人的性情支体一般，无论怎样变化，总不会眼睛生到背后去，或者会得贪死恶生的吧？那些人强生分别，妄自尊大，有如自称黄种得中央戊己土之颜色，比别的都要尊贵，未免可笑。又从别一方面说，人生各种活动大抵是生的意志之一种表现，所以世间没有真的出世法，自迎蛇拜龟，吐纳静坐，以至耶之永生，佛之永寂，以至各主义者之欲建天国于此秽土之上，几乎都是这个意思，不过手段略有不同罢了。讲到这里，便有点分不出哪个是物质的，哪个是精神的，因为据我看来，佛教对于人生之奢望过于耶教，而耶教的奢望也过于共产主义者，共产主义者自然又过于普通政治家：但是这未必可以作为精神文明的等级吧？总之，这东方文明的礼赞完全是一种谬论或是误解，我们应当理解明白，不要人云亦云的当作时髦话讲，否则不但于事实不合，而且谬种流传，为害非浅，家族主义与封建思想都将兴盛起来，成为反动时代的起头了。

其次也就是末了的一件事，即是科学思想的养成。我们无论做什么事情，科学思想都是不可少的，但在妇女问题研究上尤其要紧。我尝想，孔子说"唯女子与小人为难养也"，不过是据他的观察而论事实，只要事实改变，这便成了虚论，不若佛道教的不净观之为害尤甚，民间迷信不必说了，就是后来的礼教在表面上经过儒家的修改，仿佛是合理的礼节，实在还是以原始道教即萨满教Shamanism（本当译作沙门教，恐与佛教相混，故从改译）为基本，凡是关于两性间的旧道德禁戒几乎什九可以求出迷信的原义来。要破除这种迷信与礼教，非去求助于科学知识不可，法律可以废除这些表面的形迹，但只有科学之光才能灭它内中的根株。还有，直视事实的勇气，我们也很缺乏，非从科学训练中去求得不可。中国近来讲主义与问题的人都不免太浪漫一点，他们做着粉红色的梦，硬不肯承认说帐子外有黑暗。譬如谈革命文学的朋友便最怕的是人生的黑暗，有还是让它有着，只是没有这勇气去看，并且没有勇气去说，他们尽嚷着光明到来了，农民都觉醒了，明天便是世界大革命！至于农民实际生活是怎样的蒙昧，卑劣，自私，那是决不准说，说了即是有产阶级的诅咒。关于妇女问题也有相似的现象，男子方面有时视女子若恶魔，有时视若天使，女子方面有时自视如玩具，有时又视如帝王：但这恐怕都不是真相吧？人到底是奇怪的东西，一面有神人似的光辉，一面也有走兽似的嗜好，要能够睁大了眼冷静地看着的人才能了解这人与其生活的真相。研究妇女问题的人必须有这个勇气，考察盾的两面，人类与两性的本性及诸相，对于什说都不出惊，这才能够加以适当的判断与解决。关于恋爱问题尤非有这个眼光不可，否则如科隆泰女士小说《三种恋爱》中所说必苦于不能理解。不过，中国现社会还是中世纪状态，像书中祖母的恋爱还有点过于时新，不必说别的了；总之，即使不讲太理想的话，养成科学思想也仍是很有益的事吧？——病后不能作文章，今日勉强写这一篇，恐怕很有些胡涂的地方。

一九二八年六月二十六日于北京

荔枝蜜

花鸟草虫，凡是上得画的，那原物往往也叫人喜爱。蜜蜂是画家的爱物，我却总不大喜欢。说起来可笑，孩子时候，有一回上树掐海棠花，不想叫蜜蜂螫了一下，痛得我差点儿跌下来。大人告诉我说：蜜蜂轻易不螫人，准是误以为你要伤害它，才螫。一螫，它自己耗尽生命，也活不久了。我听了，觉得那蜜蜂可怜，原谅它了。可是从此以后，每逢看见蜜蜂，感情上疙疙瘩瘩的，总不怎么舒服。

今年四月，我到广东从化温泉小住了几天。四围是山，环里抱着一潭春水，那又浓又翠的景色，简直是一幅青绿山水画。刚去的当晚，是个阴天，偶尔倚着楼窗一望：奇怪啊，怎么楼前凭空涌起那么多黑魆魆的小山，一重一重的，起伏不断。记得楼前是一片比较平坦的园林，不是山。这到底是什么幻景呢？赶到天明一看，忍不住笑了。原来是满野的荔枝树，一棵连一棵，每棵的叶子都密得不透缝，黑夜看去，可不就像小山似的！

荔枝也许是世上最鲜最美的水果。苏东坡写过这样的诗句："日啖荔枝三百颗，不辞长作岭南人。"可见荔枝的妙处。偏偏我来的不是时候，满树刚开着浅黄色的小花，并不出众。新发的嫩叶，颜色淡红，比花倒还中看些。从开花到果子成熟，大约得三个月，看来我是等不及在从化温泉吃鲜荔枝了。

吃鲜荔枝蜜，倒是时候。有人也许没听说这稀罕物儿吧？从化的荔枝树多得像汪洋大海，开花时节，满野嘤嘤嗡嗡，忙得那蜜蜂忘记早晚，有时趁着月色还采花酿蜜。荔枝蜜的特点是成色纯，养分大。住在温泉的人多半喜欢吃这种蜜，滋养精神。热心肠的同志为我也弄到两瓶。一开瓶子塞儿，就是那么一股甜香；调上半杯一喝，甜香里带着股清气，很有点鲜荔枝的味儿。喝着这样的好蜜，你会觉得生活都是甜的呢。

我不觉动了情，想去看看自己一向不大喜欢的蜜蜂。

荔枝林深处，隐隐露出一角白屋，那是温泉公社的养蜂场，却起了个有趣的名儿，叫"蜜蜂大厦"。正当十分春色，花开得正闹。一走近"大厦"，只见成群结队的蜜蜂出出进进，飞去飞来，那沸沸扬扬的情景，会使你想：说不定蜜蜂也在赶着建设什么新生活呢。

养蜂员老梁领我走进"大厦"。叫他老梁，其实是个青年人，举动很精细。大概是老梁想叫我深入一下蜜蜂的生活，小小心心揭开一个木头蜂箱，箱里隔着一排板，每块板上满是蜜蜂，蠕蠕地爬着。蜂王是黑褐色的，身量特别细长，每只蜜蜂都愿意用采来的花精供养它。

老梁叹息似的轻轻说："你瞧这群小东西，多听话。"

我就问道："像这样一窝蜂，一年能割多少蜜？"

老梁说："能割几十斤。蜜蜂这东西，最爱劳动。广东天气好，花又多，蜜蜂一年四季都不闲着。酿的蜜多，自己吃的可有限。每回割蜜，给它们留一点点糖，够它们吃的就行了。它们从来不争，也不计较什么，还是继续劳动、继续酿蜜，整日整月不辞辛苦……"

　　我又问道："这样好蜜，不怕什么东西来糟害么？"老梁说："怎么不怕？你得提防虫子爬进来，还得提防大黄蜂。大黄蜂这贼最恶，常常落在蜜蜂窝洞口，专干坏事。"我不觉笑道："噢！自然界也有侵略者。该怎么对付大黄蜂呢？"老梁说："赶！赶不走就打死它。要让它待在那儿，会咬死蜜蜂的。"我想起一个问题，就问："可是呢，一只蜜蜂能活多久？"老梁回答说："蜂王可以活三年，一只工蜂最多能活六个月。"我说："原来寿命这样短。你不是总得往蜂房外边打扫死蜜蜂么？"老梁摇一摇头说："从来不用。蜜蜂是很懂事的，活到限数，自己就悄悄死在外边，再也不回来了。"我的心不禁一颤：多可爱的小生灵啊，对人无所求，给人的却是极好的东西。蜜蜂是在酿蜜，又是在酿造生活；不是为自己，而是在为人类酿造最甜的生活。蜜蜂是渺小的；蜜蜂却又多么高尚啊！透过荔枝树林，我沉吟地望着远远的田野，那儿正有农民立在水田里，辛辛勤勤地分秧插秧。他们正用劳力建设自己的生活，实际也是在酿蜜——为自己，为别人，也为后世子孙酿造生活的蜜。

　　这黑夜，我做了个奇怪的梦，梦见自己变成一只小蜜蜂。

一九六〇年

书 目